AF576170

Antiquitäten

Alexander Vassilenko
Anton Mitleider

Die fantastischen Abenteuer der Henne Reba

mit Illustrationen von Alexander Vassilenko
und Ljubow Jerjomina

Die fantastischen Abenteuer der Henne Reba

Umschlaggestaltung: Marco Richter – www.marcorichter.info mit
Illustrationen von Alexander Vassilenko
und Ljubow Jerjomina

Herstellung und Verlag: BoD – Books on Demand, Norderstedt
ISBN 9783754334669

In Dankbarkeit Olga Mitleider gewidmet.

Inhalt

Der Temporator

Ich soll euch also eine Geschichte erzählen? Also gut: Es war einmal ein Großvater und eine Großmutter, die hatten eine Henne...

„Wie langweilig! Die Henne legte ein Ei, aber kein gewöhnliches, sondern ein goldenes…“

Nein, nein, ich will euch ein ganz anderes Märchen erzählen. Meine Henne heißt Reba und sie lebt in einem ungewöhnlichen Land – im Hühnerland. Das befindet sich in einem der vielen Parallelwelten. In dieser Welt ist fast alles wie bei uns, nur entwickelte sich das Leben dort etwas anders, weil eine Naturkatastrophe nicht stattfand. Die intelligenten Wesen, die dort durch die Evolution entstanden, ähneln unseren Hühnern, nur sind sie größer, können sprechen und haben geschickte Hände an ihren Flügeln.

Unsere Reba ist zwar noch keine richtige Henne, aber ein Küken ist sie auch schon lange nicht mehr. Letztes Jahr hat sie die Schule abgeschlossen und geht nun auf die Uni in ihrer Stadt. Ja, in ihrem überschaubaren, kleinen Städtchen gibt es sogar eine Universität.

Reba wohnt mit Großvater und Großmutter in einem kleinen Haus am Rande des Städtchens. In dieser Welt gibt es nämlich den Brauch, dass erstgeborene Küken den Großeltern zur Erziehung gegeben werden. Reba gefällt ihr kleines Häuschen sehr, sie hat dort ihr eigenes Zimmer im Dachgeschoss. Und mit diesem kleinen Zimmer hängen auch alle unsere Geschichten zusammen...

Früher mochte Reba moderne Möbel aus

glänzendem Glas und Metall. Leider sehen solche Einrichtungsgegenstände nur am Anfang gut aus. Recht bald sammelt sich Staub auf ihnen, sie ziehen Fettflecken an und werden wackelig.

Nach und nach wanderte ein Möbelstück nach dem anderen auf den Sperrmüll. Inzwischen mag Reba nur noch alte Dinge, die sie im Antiquariat gekauft hat. Es gehört zu ihren liebsten Beschäftigungen, diesem Laden einen Besuch abzustatten. Was es dort nicht alles für kleine Wunder gibt! Zum Beispiel dieser massive, im Laufe der Zeit dunkel gewordene Schrank. Er hat Jahrhunderte überdauert, ist mit seinem Eigentümer alt geworden, hat danach noch mehrere Male den Besitzer gewechselt und steht nun hier in der finsteren, staubigen Ecke. Auf dem Schrank haben es sich eine uralte Uhr, ein Truthahn aus Bronze und eine Kaffeemühle mit Patina gemütlich gemacht. Außerdem hängen neben dem matten Spiegel Marionetten wie Spinnen an ihren Netzen. Schon Urgroßväter und Urgroßmütter haben damit gespielt... Eine Zauberwelt!

Eines Tages... (ihr habt sicher schon bemerkt, dass in Märchen alles Interessante mit „Eines Tages“ beginnt) fuhren Oma und Opa in den Urlaub ans Meer und Reba blieb alleine zu Hause.

Draußen war schönster Sommer, die Vorlesungszeit an der Universität war zu Ende und unsere Reba hatte nun massenhaft Freizeit. Ich muss noch erwähnen, dass Henne Reba noch eine Leidenschaft neben den Antiquitäten hat, nämlich Lottospielen. Beim Bummeln durch die Stadt schaute sie beim Lottohäuschen vorbei, kaufte sich einen Lottoschein und füllte ihn aus. Und tatsächlich gewann sie etwas! Eine ganz anständige Summe sogar, zwar keine Million, aber doch einiges.

Vielleicht sogar mehr, als sie in ihrem ganzen, noch nicht langen Lottoleben verspielt hatte!

Nachdem sie das Geld in Empfang genommen hatte, ging sie als Erstes gleich zu ihrem Lieblings-antiquariat. Bedächtig und fachmännisch betrachtete sie dort die Kaminuhren und vergilbten Bilder, den Messingleuchter, die gläsernen Armspangen, kunstvoll geschnitzte Schmuckkästchen und Statuetten aus Nephrit.

Schließlich landete ihr Blick auf einem alten Pfeilerspiegel. Das Kästchen unter dem Spiegel war stilvoll geschnitzt, der Spiegel selbst strahlte mit seiner überirdischen Reinheit inmitten der alten Sachen. Der Rahmen war ebenfalls aus Spiegelglas gefertigt. Dieser war wiederum schwarz eingefasst, was dem Spiegel eine unnatürliche Tiefe und Schwere verlieh.

Sprachlos stand Henne Reba vor dem wundersamen Spiegel. Auf ihre Frage nach dem Preis nannte der Besitzer des Ladens, der Rebas Kaufabsicht gleich gewittert hatte, eine unverschämt hohe Summe, die ihren Lottogewinn um das Dreifache überstieg.

Doch auch Reba war nicht von gestern.

„Sieht das etwa nach venezianischer Handarbeit aus?“, fragte sie skeptisch.

„Nein, das sicher nicht, aber es handelt sich hier zweifellos um eine sehr alte und wertvolle Antiquität.“

„Ach wirklich? Schwer zu glauben.“

„Wie können Sie nur so etwas sagen! Dieser Pfeilerspiegel ist mehrere Jahrhunderte alt! Der Eigentümer versicherte mir, dass...“

Nach einigem Verhandeln kaufte Reba den Spiegel schließlich. Tatsächlich ging dabei ihr ganzes gewonnenes Geld drauf. Am Abend fuhr der Ladenbesitzer den Spiegel zu Reba nach Hause und trug ihn sogar laut schnaufend zu ihrem Zimmer hinauf. Er stellte ihn an die freie Wand gegenüber dem Fenster und verabschiedete sich. Reba überlegte eine Zeit lang, wo sie den Spiegel am besten hinstellen sollte. Sie beschloss, ihren Freund, den Hahn Tok, um Rat zu fragen, schließlich lassen sich Möbel zu zweit auch viel besser verrücken. Er versprach ihr, am nächsten Morgen zu helfen.

Bis in den späten Abend schaute Reba noch Fernsehen, sprang allerdings die meiste Zeit nur von einem Kanal zum anderen. Schließlich wurde sie müde und ging schlafen. Der große, runde Mond schien durchs Fenster. Reba dachte sich, dass es bestimmt schön wäre, mit diesem stillen, geheimnisvollen Licht einzuschlafen, und verzichtete darauf, die Rollos herunterzulassen. Aber gut schlief es sich bei Mondschein nicht gerade.

Reba hatte sich schon mehrere Male in ihrem Bett hin und her gewälzt, als sie aus der Richtung des Spiegels ein seltsames, melodisches Läuten hörte. Dann sah sie, dass die Oberfläche des Spiegels sich zu wellen begann.

Unheimlich! Sie stand auf und machte das Licht an. Die Spiegeloberfläche war glatt wie eh und je. Gleichzeitig schien der Spiegel nun noch tiefer und klarer zu sein. Im Bett starrte sie bei eingeschaltetem Licht noch lange auf den Spiegel, aber es geschah nichts mehr. Irgendwann schlief Reba ein.

Am Morgen wurde sie vom Läuten der Türklingel geweckt. Es war schon halb zehn! Hahn Tok stand vor der Tür und klingelte, klingelte, klingelte…

Bei Tageslicht am Frühstückstisch mit Tee und Marmeladenbrötchen erscheinen sämtliche nächtliche Ängste albern. Was Reba Tok über die Wellen und das gläserne Läuten erzählte, war eher lustig als furchteinflößend.

Nach dem Frühstück begutachtete Tok wie ein erfahrener Möbelschieber lange den Pfeilerspiegel und sagte schließlich: „Wo soll er denn hinkommen?“

Eine Antwort auf diese Frage wusste Reba allerdings auch nicht. Also rückten sie ihn lange und ziellos von einer Stelle zur anderen. Am Ende stand der Spiegel wieder dort, wo ihn schon der Antiquar hingestellt hatte: an der Wand gegenüber dem Fenster. Von dieser Beschäftigung waren sie sehr hungrig geworden und beschlossen, im nahegelegenen Bistro zu Mittag zu essen und dann einen kleinen Ausflug mit ihren Fahrrädern zu machen.

Auch heute war wieder ein schöner Sommertag. Prächtig blühten die Blumen in den Gärten, die dunkelgrünen Blätter der Buchen und Kastanien glänzten in der Mittagssonne und die Luft war frisch und klar. Angenehm müde kamen sie wieder bei Rebas Haus an. Reba schlug Tok vor, noch zu ihr hinaufzukommen und bis zum Abend zu bleiben. Vielleicht würden Sie den Spiegel wieder hören?

Sie machten es sich in den Sesseln bequem und redeten über alles Mögliche. Unmerklich wurde es dunkel und der Vollmond schaute durch das Fenster. Die Freunde sahen zum Spiegel. Der zog es jedoch vor, ein stummer Gegenstand zu sein.

Im Flüsterton rätselten Sie über das Geheimnis. Schließlich entschied Tok, dass Reba das alles nur geträumt habe. Sie war schon nahe daran, ihm zuzustimmen, aber da erklang ein kristallener, wehklagender Ton.

Über den Spiegel liefen kleine Wellen, die zusammenstießen und erloschen. Das Läuten wiederholte sich noch einmal, dann war alles vorbei. Reba und Tok waren ganz still geworden und drückten sich gespannt in ihre Sessel.

Nachdem sie sich wieder beruhigt hatten, entschieden sie, dass sie den geheimnisvollen Spiegel unbedingt ihrem klügsten Freund, Professor Gas, zeigen mussten. Sie vereinbarten, sich am nächsten Tag wieder zu treffen.

Gas war in jeder Hinsicht ein bemerkenswerter Professor. Er unterhielt sich gerne mit seinen Studenten, interessierte sich für alles Neue und wurde von seinen

Studenten deshalb wie eine Glucke von ihren Küken umschwärmt. Während der Semesterferien war er, wenn er daheim blieb, in seinem häuslichen Labor beschäftigt. Nicht selten brach er aber auch mit seinen Studenten zu Expeditionen auf.

Am nächsten Tag trafen sich also unsere Freunde wieder und riefen den Professor an. Nachdem er sich die rätselhafte Geschichte angehört hatte, wollte er sich den Spiegel persönlich ansehen. Er kam bald mit einem großen Kombiwagen, entlud diverse Apparate und begann, den Spiegel zu untersuchen. Auch er fand, dass der Pfeilerspiegel übermäßig massiv wirke und schlug Reba vor – natürlich nur, wenn sie nichts dagegen hatte – den Spiegel für einige Zeit in sein Labor zu bringen. „Dort habe ich mehr Möglichkeiten, ihn zu untersuchen“, meinte Professor Gas.

Die junge Henne hatte nichts dagegen. Die beiden Hähne luden den Pfeilerspiegel ins Auto und der Professor fuhr wieder fort.

Am Abend gingen Reba und Tok ins Kino, saßen dann unter den Linden am Flussufer und gingen, als es ganz dunkel geworden war, wieder zu Reba nach Hause.

Das Gatter zu Rebas Hof stand weit offen. Die Eingangstür war aufgebrochen. Vorsichtig gingen sie hinein. Hier war offensichtlich jemand eingebrochen. Hilflos, wie sie sich fühlten, riefen sie den Professor heute nun schon zum zweiten Mal an. Normalerweise schlief er schon um diese Zeit, aber heute war er in seinem Labor und mit dem Spiegel beschäftigt. Er riet ihnen, sofort die Polizei anzurufen.

Die Polizisten fotografierten, notierten und vermaßen alles, ohne allerdings ihr Gähnen unterdrücken zu können. Dann fragten sie Tok und Reba lustlos aus und fuhren wieder.

Am nächsten Morgen räumte Reba das Haus auf und bestellte eine Firma, um die Tür zu reparieren. Gegen Mittag ging sie in den Hof und goss die Blumen.

Ein unbekannter, sehr hagerer und bleicher Hahn blickte über den Zaun.

„Guten Tag, die Dame“, sagte er.

„Tag“, erwiderte Reba mürrisch.

„Ich möchte Ihnen die neuesten wissenschaftlichen Errungenschaften vorstellen – eine Kollektion außergewöhnlich effektiver Mittel zur Pflege, Reinigung und Erhaltung von Möbeln, Silber und Bronze.“

„Ich habe bereits alles, was ich brauche“, meinte Reba.

„Aber, aber! Das sind erstaunliche, unglaublich moderne Mittel! Und sie sind nicht nur günstiger als die herkömmlichen! Wir haben in unserem Forschungslabor wahre Wunder erzielt!“

„Sind Sie ein wissenschaftlicher Mitarbeiter?“

„O ja! Aber jetzt will ich in den Semesterferien etwas dazu verdienen.“

„Na gut, zeigen Sie mir Ihre Wundermittel mal.“

Der hagere Hahn machte seine Tasche auf, die bis oben hin mit bunten Tuben, Flakons und anderen Behältern gefüllt war.

„Haben Sie neue Möbel oder antiquarische?“, fragte er. „Sehen Sie, als Experte brauche ich mir ein

Möbelstück nur anzusehen, um zu wissen, was es braucht.“

„Ist in Ordnung, kommen Sie mit rauf“, seufzte Reba.

Oben betrachtete der Hahn alles ganz genau, zunächst das Sofa und die Sessel, dann den Schrank und die Regale, wo er eine Tonvase und eine Bronzestatuette hin und her drehte.

„Das ist alles ganz nett, aber wirklich antiquarische Möbel haben Sie hier nicht.“

Das war für Reba natürlich eine Beleidigung.

„Wenn jetzt ein bestimmtes Möbelstück hier wäre, würden Sie nicht so reden! Aber ich habe es eben jemandem ausgeliehen.“

„Ein Möbelstück? Nuss? Eiche?“

„Vom Äußeren her wohl Eiche... Jedenfalls ist es ein sehr alter Pfeilerspiegel mit Schnitzereien.“

„Oh! Für Spiegel habe ich ein sehr wertvolles Mittel bei mir! Es verhindert das Sichtbarwerden der Amalgamschicht.“

„Mein Spiegel sieht eigentlich einwandfrei aus.“

„Das kann nicht sein! Ich habe noch keinen einzigen alten Spiegel ohne Beschädigung der Amalgamschicht gesehen, man kann sie selbst mit einem einfachen Vergrößerungsglas ausmachen. Wie schade, dass ich ihn mir nicht ansehen kann.“

„Na, was soll’s. Der Spiegel ist bei Professor Gas“, sagte Reba. Der aufdringliche Experte wurde ihr langsam lästig.

„Sie sind also Studentin? Ist das Ihr Professor? Was studieren Sie denn bei ihm?“

„Vor allem Physik, aber auch Materialkunde und Kristallografie.“

„Ach wirklich!? Ich interessiere mich auch sehr für Kristallografie. Wie gerne würde ich mich mal mit so einem Experten auf diesem Gebiet unterhalten! Könnten Sie mir verraten, wo er wohnt?“

Henne Reba nannte die Adresse und der Hahn hatte es auf einmal sehr eilig. Er bedankte sich überschwänglich und ließ Reba ein Probeset mit Reinigungsmitteln als Geschenk zurück.

Als der Händler weg war, setzte Reba sich an ihren Tisch und blätterte in den Katalogen, die in den letzten Tagen gekommen waren. Aber ein unbehagliches Gefühl störte sie bei dieser sonst spannenden Beschäftigung. Es war, als steckte eine Zecke in ihrem Gewissen. Reba legte den Katalog zur Seite und überlegte, was und wann sie etwas falsch gemacht haben könnte. Plötzlich überkam sie es mit voller Wucht und ihr wurde ganz heiß. Sie hatte die Adresse von Professor Gas an einen unbekannten Handelsvertreter, der sich irgendwie übermäßig für Spiegel interessierte, gegeben. Adresse und Spiegel! Spiegel und Adresse!

Die aufgeregte Henne Reba rief Tok an. Sie verhedderte sich beim Erzählen, sprang hin und her und geriet immer mehr in Panik.

„Na, na“, sagte Tok, „Bleib, wo du bist. Ich komme gleich.“

Tok stand auch bald vor ihrem Haus. Er pfiff und rief: „Komm, lass uns schwimmen gehen! Unterwegs erzähl ich dir alles.“

Die Sonne stand hoch. Lediglich zwei kleine Wolken sah man am Himmel, die dessen Blau nur noch mehr betonten. Der Asphalt schien vor Hitze zu schmelzen. Wie Wasser wogten kleine Spiegelungen über den Straßen.

Auf dem Weg erzählte Tok, dass er schon mit dem Professor gesprochen hatte und der hatte ihm versichert, dass er die notwendigen Maßnahmen treffen würde. Zum Mittag erwartete er sie bei sich.

So kamen unsere Freunde mit leichtem Herzen am Strand an. Das kühle Wasser und der goldene Sand, der die ganze Wärme der Sonne in sich aufgenommen hatte – gibt es etwas Schöneres auf der Welt? Tok und Reba badeten im Fluss, ließen sich in dem seichten Wasser mit den vielen Algen auf dem Schwimmreifen treiben und beobachteten die wundersamen Welten des Unterwasserdschungels im Kleinformat mit all seinen ruhelosen Bewohnern.

Sie hätten sich noch lange so des Lebens freuen können, wenn ihre knurrenden Mägen sie nicht an ihr Treffen mit dem Professor erinnert hätten. Nachdem sie sich abgetrocknet und umgezogen hatten, brachen die Freunde zum Professor auf.

Die kleine Villa des Professors versteckte sich im Laub der Linden. Reba und Tok bahnten sich ihren Weg zum Haupteingang und klingelten. Stille. Sie klingelten noch mal. Wieder geschah auf der anderen Seite der Tür nichts. Weder Gas’ fröhliche Stimme noch das Poltern seiner Schritte war zu hören. Sonst kam er seinen Gästen immer entgegen.

Die Freunde sahen sich an.

„Wo kann er bei so einer Hitze hingegangen sein?“, brummte Reba.

„Schau mal, die Tür ist offen“, flüsterte Tok ihr zu.

Sie betraten vorsichtig den Eingangsflur und sahen sich um. Alles war wie immer, nur lagen da ein Dutzend Auberginen auf dem Boden.

Plötzlich hörten sie ein gedämpftes Röcheln. Reba erstarrte vor Angst und Tok sprang zur Seite. Wieder hörten sie das Röcheln. Sie sahen nach oben und erblickten ein Netz an der Decke, in dem ein seltsames Wesen baumelte.

Reba berührte Toks Flügel. „Tok! Er hat den Lieblingsanzug von Professor Gas an!“

„Das ist ja der Professor selbst in dem Netz!“

Von der Decke kam ein zustimmendes Brummen.

„Warum stehen wir dann noch herum?!“, sagte Reba. „Hast du ein Messer?“

„Nein, aber ich kann eins aus der Küche holen!“

Vom Netz hörten sie ein missgelauntes Röcheln.

„Was will er uns sagen?“, dachte Reba und neigte den Kopf zur Seite.

„Hier ist ein kleiner Karabinerhacken. Das wird’s sein! Wir müssen ihn einfach lösen...“, sagte Tok.

Mit vereinten Kräften lösten sie den Haken und

das Netz donnerte samt dem Inhalt zu Boden. Sie stürzten sich auf Professor Gas und befreiten den Gefangenen.

„Etwas sanfter hättet ihr mich schon herunterlassen können!“, sagte der zerzauste, halb erwürgte und nun auch noch blau gestoßene Professor. „Na, na, rechtfertigen braucht ihr euch nicht. Habt Dank für die Hilfe. Aber mit dem Mittagessen werden wir wohl noch warten müssen – an der Decke hängend konnte ich keine Auberginen zubereiten.“

Während der Professor in der Küche zugange war, naschten Reba und Tok junge Erbsen und Erdbeeren im Garten. Sie konnten es gar nicht erwarten, zu erfahren, was denn passiert war, trauten sich aber nicht, zu fragen. Der Professor schwieg wie zum Trotz.

Irgendwann fing er jedoch endlich mit seiner Geschichte an: „Als mich Tok anrief, war ich gerade im Garten beschäftigt. Ich richtete die Falle für die Springechse ein, die es sich zur Gewohnheit gemacht hat, meine Beete zu verunstalten. Der Besuch dieses verdächtig neugierigen Hahns musste irgendwie mit dem gestrigen Einbruch bei Reba zu tun haben. Ich musste mich also auf ungebetene Gäste gefasst machen und beschloss, die fertige Falle für eben solche Eindringlinge zu verwenden. Also stellte ich den Mechanismus mit den automatischen Fotoelementen ein, ersetzte das Netz aus Nylon durch ein größeres und hängte diese Falle im Flur an der Decke auf.

Um nicht aus Versehen selbst hineinzugeraten, legte ich Auberginen auf die gefährliche Stelle. Dieselben, die ich für das Mittagessen verwendet habe. Nun musste ich nur noch die Tür offen lassen. Der Dieb brauchte meine Tür ja nicht unbedingt aufzubrechen. Als ich damit fertig war, wollte ich die Auberginen wieder entfernen und da reagierten diese dummen Fotoelemente... Hm... Der Mechanismus funktionierte jedenfalls und da hing ich baumelnd an der Decke."

Er stellte sich vor, wie das für Außenstehende ausgesehen haben musste und lachte herzhaft. Seine Studenten stimmten ein.

„Probiert doch mal die Auberginen", sagte der Professor, als alle mit Lachen fertig waren. „Meines Erachtens sind sie genau richtig geworden."

Die Auberginen aus dem Garten des Professors waren ausgezeichnet, die Freunde aßen mit großer Begeisterung.

Tok wurde auf einmal unruhig. „Ich glaube, jemand beobachtet das Haus, ich habe etwas im Gebüsch gesehen."

„Vielleicht ist es dir nur so vorgekommen?", fragte der Professor.

„Vielleicht, und wenn doch?"

„Wenn so viele Leute da sind, werden sie wohl nichts machen. Aber wir müssen etwas unternehmen."

„Und wenn wir so tun, als ob wir weggehen", schlug Reba vor, „aber in Wirklichkeit zurückkommen und eine Falle aufstellen?"

„Unser Weggehen können wir natürlich vortäuschen", meinte Professor Gas nachdenklich. „Wie sollen wir aber unbemerkt zurückkommen?... Ich hab's! Gehen wir durch das Himbeergestrüpp des Nachbarn. Ich habe gerade den Schlüssel von Professor Daun, er ist in den Urlaub gefahren und ich kümmere mich um seine

Blumen.“

Gas präparierte die Falle, stellte im Flur eine weitere Videokamera auf und die drei gingen lautstark redend aus dem Haus. In der Gasse sprangen sie über den kleinen Zaun. Geduckt schlichen sie unter der Deckung der Büsche zum üppig wachsenden Himbeergestrüpp, das zwischen den Grundstücken wucherte. Sie schlüpften unter dem Draht hindurch (an ihm erkannten die Professoren, wo die Beeren von Gas aufhörten und die von Daun anfingen). Von hier huschten sie durch die Kellertür in das Haus von Professor Gas und begaben sich zum Labor.

Das Labor des Professors war zwar nicht so üppig ausgestattet wie das der Universität, aber dafür mit viel Liebe eingerichtet. Auf dem langen Arbeitstisch standen Oszillografen, Frequenzgeneratoren und ein leistungsstarkes Mikroskop. Auf der Werkbank war eine Drehmaschine angebracht, neben ihr lag Schmirgelpapier. Auf der anderen Seite des Zimmers gab es einen Miniaturmuffelofen, verschiedene Tiegelgefäße, eine Lötstation und eine Menge anderer wichtiger Instrumente und Vorrichtungen. Inmitten des Zimmers stand Rebas Pfeilerspiegel.

„Mit diesem Spiegel ist irgendetwas nicht in Ordnung“, sagte der Professor. Das rätselhafte Phänomen, das ich gestern Abend beobachtet habe, war einer wissenschaftlichen Erklärung bisher noch nicht zugänglich.“

Tok, den wissenschaftliche Probleme weniger bekümmerten, schaute sich eine Funkstation für Kurzwellen genauer an.

„Sie sind auch Funkliebhaber, Herr Professor?“

„War ich mal“, entgegnete Professor Gas etwas verlegen. „Um genau zu sein, hat damit mein Weg zur Wissenschaft angefangen. Ist so eine Art Andenken.“

Henne Reba interessierte die Kristallsammlung. In allen Farben des Regenbogens schillerten die Steine hinter der Glasscheibe.

„Erzählen Sie doch mal etwas über diese Kristalle, Herr Professor!“, bat Reba.

Gas kratzte sich am Kamm, als würde er überlegen, wie er seinen Vortrag möglichst interessant einleiten könnte. Bevor er aber etwas sagen konnte, vernahmen die Freunde ein vom Mikrofon verstärktes Geräusch, das von der Eingangstür kam. Alle stürzten zum Monitor. Ein hagerer Hahn betrat das Haus.

„Das ist er!“, rief Reba. „Jetzt bekommt er, was er verdient!“

Währenddessen hatte es der Verkäufer der „erstaunlichen wissenschaftlichen Fortschritte“ gar nicht eilig, in die Falle zu tappen. Er zog die Tür hinter sich zu, ohne sie zu schließen und sah sich aufmerksam um. Kaum zwei Schritte vor dem Netz an der Decke sprang er zur Seite und versteckte sich hinter dem Schrank.

„Was macht er da?“, flüsterte Reba.

Professor Gas schlug vor, zunächst zu schweigen und mit Schlussfolgerungen zu warten. Im Labor herrschte Stille. Auch der Hahn hinter dem Schrank gab kein Lebenszeichen von sich.

Plötzlich tauchten vor der Tür drei Unbekannte auf.

Es klingelte. Und noch einmal.

Da die drei Gestalten feststellten, dass die Tür nicht abgesperrt war, schlich sich einer nach dem anderen ins Haus. Sie blieben im Flur stehen, flüsterten sich etwas zu und gingen weiter. Der erste näherte sich der Falle. Und dann kam alles so, wie es der Professor aus eigener Erfahrung beschrieben hatte! Ein unbekanntes Subjekt hing nun mit den Füßen nach oben in dem grünen Netz. Verblüfft sahen die anderen zwei ungebetenen Gäste zu ihm hinauf.

„Ein Hinterhalt!“, rief einer von ihnen und wollte zum Seil, doch der andere hielt ihn zurück.

„Um Pak kümmern wir uns später! Zuerst der Temporator! Schnell!“

Sie verschwanden aus dem Sichtfeld der Kamera.

Nach einiger Zeit hörten der Professor und seine Studenten, wie die Eindringlinge näher kamen.

„Hier muss er sein, brechen wir die Tür auf!“

Die Tür krachte und öffnete sich.

„Da ist er!“, schrie ein Eindringling. Er hatte ein Brecheisen in der Hand.

Der zweite zückte eine Pistole, als er den Professor und seine Studenten sah.

„Alle an die Wand!“

Henne Reba bekam vor Angst ganz große Augen.

„Achtung, Achtung!“, dröhnte plötzlich eine Stimme, die alle übrigen übertönte. „Werft die Waffen weg! Flügel hinter den Kopf! Bewegt euch nicht und dreht euch nicht um!“ Das war die Stimme eines Polizisten, ganz wie aus einer Fernsehserie. Die Einbrecher ließen Brecheisen und Pistole fallen.

Doch statt des vermeintlichen Polizeibeamten tauchte der hagere Hahn auf. Er umwickelte die Missetäter rasch von Kopf bis Fuß mit Klebeband und ließ nur ein kleines Loch an den Schnäbeln zum Atmen frei. Dann befreite er zusammen mit Gas und Tok den in der Falle hängenden Pak und ließ auch diesen in kürzester Zeit wie eine Mumie aussehen.

Eine Viertelstunde später saßen Tok, der Hausherr selbst und der hagere Hahn Bak, der sich Henne Reba als „Vertreter für Reinigungsmittel“ vorgestellt hatte, im Wohnzimmer. Reba war mit dem Aufstellen von Teetassen und Marmeladeschälchen beschäftigt. Auf dem Boden lagen die drei Klebebandmumien. Tok drückte an den Knöpfen von Baks kleinem Lautsprecher.

„Achtung, Achtung! Werft die Waffen weg! Flügel hinter den Kopf! Bewegt euch nicht und dreht euch nicht um!“, dröhnte es wieder.

„Tok, hör doch endlich damit auf!“, sagte Reba, als sie den verschütteten Tee wegwischte.

„Werter Hahn Bak“, begann der Professor nun, „würden Sie uns bitte erklären, was das alles zu bedeuten hat.“

Bak rückte seine Teetasse näher zu sich. „Was ich Ihnen erzählen werde, Professor Gas, wird nicht so leicht zu glauben sein. Ich werde ungewöhnliche Begriffe verwenden müssen und ein guter Erzähler bin ich auch nicht. Aber ich hoffe auf Ihren weiten Verständnishorizont und wissenschaftlich geschulten Verstand. Sie haben ja sicher von Paralleluniversen gehört. Wenn man eine Vorrichtung bauen könnte, die kohärente

Zeitquanten generieren und deren Phasenverschiebung bewirken könnte, wäre das eine Möglichkeit, eine Brücke zwischen den Parallelwelten herzustellen. Kurz gesagt, diese Möglichkeit ist zur Wirklichkeit geworden. Wir haben es geschafft, solch eine Maschine zu bauen, mit der man ganz leicht in eine Parallelwelt gelangen kann.

„Das heißt, ihr reist zwischen den Parallel-universen!“, rief Tok.

„Wenn ihr also aus einer anderen Zivilisation seid, müsstet ihr euch auch äußerlich von uns unterscheiden“, meinte der Professor.

„Das tun wir auch. In unserer Welt sind nicht Vögel die führende vernunftbegabte Rasse geworden, sondern eine Art der Säugetiere. Aber manchmal zweifle ich an dieser Vernunftbegabung. Doch das ist eine andere Geschichte.

Als wir das Prinzip der Phasenverschiebung der Zeitquanten entdeckten und den Phasentemporator entwickelt hatten – diesen Spiegel, der jetzt in Ihrem Labor steht – tauchte die Frage auf, wie wir es verhindern könnten, die Bewohner der fremden Welten durch unser Äußeres zu schockieren und eine ganze Reihe anderer problematischer Effekte zu beseitigen. Wir haben es geschafft, vor den Reisen Wesen zu erschaffen, deren sämtliche Atome sich im Einklang mit den Vertretern der fremden Welten befinden. Anschließend wird auf diese Wesen die Informations-matrix eines Vertreters unserer Welt projiziert. Ein moderner Temporator verwandelt den Reisenden auto-matisch in ein Wesen, das am stärksten einem Vertreter der herrschenden Parallelzivilisation entspricht. Deshalb sehe ich jetzt wie einer von Ihnen aus.“

„Und Sie sind also in mein Haus eingedrungen, um an den Temporator zu kommen. Wie ich annehme, wollen Sie in Ihre Heimatwelt zurückkehren. Und diese drei? Was wollten die?“

Bak nahm einen Schluck aus der Tasse. „Ich muss Ihnen wohl doch alles erzählen. Erfindungen bringen nicht nur Nutzen, sondern haben manchmal auch Nebeneffekte. Wir machen im Nachhinein die Erfahrung, dass fast jede große Entdeckung mit einem Risiko und Opfern verbunden ist und nicht selten unvorhersehbare Folgen hat. Auch in diesem Fall war es nicht anders. Es geschah mitunter, dass der Vorstoß in andere Welten bei den Forschungsreisenden eine Veränderung des Bewusstseins herbeiführte, bedingt durch den zu großen Unterschied in der Psychologie, Weltwahrnehmung und Wissensstand. In manchen Fällen kam es dabei zum Zerfall der Persönlichkeit.

Diese Fälle häuften sich immer mehr. Schließlich verbot die Regierung die Reisen in andere Welten. Nicht alle waren damit einverstanden, so zum Beispiel mein Vater. Als ich noch jung war, betrieben er und seine Kollegen mit großem Erfolg die Forschung zur Phasenverschiebung der Zeitquanten. Das Verbot richtete sich gegen ihr Lebenswerk. Das war eine Tragödie für sie. Mein Vater und seine Studenten versteckten die Temporatoren heimlich in anderen Welten. Sie maskierten sie als gewöhnliche Gegenstände, z. B. als diesen Spiegel hier. Soweit ich weiß, riskierten Sie es aber selbst nie, sie zu verwenden. Nach der Schule schrieb ich mich auf Wunsch meines Vaters hin in derselben Fakultät ein wie er seinerzeit.

Aber das Lernen trockener Formeln begeisterte mich überhaupt nicht. Ich wollte etwas erleben, ich wollte Romantik und Abenteuer, stattdessen musste ich auf unbequemen Stühlen in langweiligen Vorlesungen sitzen. Da begann ich, mich für Politik zu interessieren und schloss mich einer radikalen Studentenbewegung an. Aber ich merkte recht bald, dass unsere Studentenführer gewöhnliche Schwindler waren, die nur nach oben wollten, auf welchem Weg auch immer.

Und dann kam Pak. Der war ein echter Rebell! Und ein glänzender Redner. „Das Leben muss man so leben, dass man es später nicht bereut", sagte er und noch vieles mehr. Und alles war so stimmig und inspirierend. Ich weiß nicht, wo er seine tollen Sätze hernahm, aber sie waren wie Musik in meinen Ohren.

Pak war der Ansicht, dass man für unsere satte und selbstgerechte Gesellschaft nichts tun kann und man den Verstoßenen helfen soll, die in Angst leben. Er hatte in Erfahrung gebracht, womit sich mein Vater beschäftigt hatte. Und auch von der Existenz der illegal gewordenen Temporatoren hatte er erfahren. Pak drängte mich beständig, nach dem Code zu suchen, mit dem man sie aktivieren könnte. Als ich einmal in den Büchern in der Bibliothek meines Vaters stöberte, sah ich zwei Zahlen auf einem Buchrücken. Das war die Handschrift meines Vaters. Ich durchsuchte die ganze Bibliothek und fand noch zwei Bücher mit Zahlen. Ich wusste, dass das der Code sein musste. Aber die Ziffernfolge war unklar. Jede falsche Eingabe würde einen Alarm auslösen. Ich legte die Bücher vor mich hin und überlegte. Zwei der Bücher hatten einen braunen, eins einen grünen Buchdeckel. Oder hatte die Reihenfolge mit den Buchtiteln oder den Autoren zu tun? Erfolglos zerbrach ich mir den Kopf.

In Wirklichkeit war es ganz einfach. Ich bemerkte schließlich, dass die Bücher unterschiedlich dick waren. Ging die Reihenfolge vom dicksten zum dünnsten Buch oder umgekehrt? Ich stellte mir vor, ich wäre mein Vater und riskierte es.

Wie ihr seht, ist es mir gelungen. Wir hatten nun Zugang zu den Parallelwelten, wo die anderen Temporatoren standen.

In den anderen Welten gerieten wir in alle möglichen Unruhen und terroristische Gruppierungen. Ich brauchte lange, bis ich begriff, dass sich meine Gefährten nicht von den Idealen der Gerechtigkeit, Gleichheit und Brüderlichkeit leiten ließen, sondern von der Gier nach Macht und dem Rausch der Gewalt.

Unsere grausamen Aktionen wurden zu sinnlosen Angriffen auf die unschuldige Bevölkerung. Ich beschloss, mit meinen Freunden zu brechen und sie an ihren Reisen zwischen den Parallelwelten zu hindern. Aber wie sollte ich das anstellen? Ausstiege werden in solchen Organisationen streng bestraft. Ein kleiner Fehler und ich wäre tot. Aber in letzter Zeit hatte ich sowieso immer mehr das Gefühl, dass sie mir nicht mehr so sehr wie früher vertrauten.

Als wir in eurer Welt schließlich genügend Übel angerichtet hatten und wieder zu einer anderen Welt aufbrechen wollten, geschah etwas Unvorhergesehenes. Der Hausherr, in dessen Keller der Temporator stand, verstarb. Schnell hatten seine Erben dessen Besitz verkauft, darunter den Pfeilerspiegel. Ich fand die Adresse von Hahn Gas heraus und gab sie meinen ehemaligen Freunden. Ich selbst wollte mich hier verstecken und die anderen abfangen."

„Unglaublich", meinte Professor Gas. „Vor allem, dass intelligente Wesen dazu in der Lage sein sollen, das Blut anderer intelligenter Wesen zu vergießen und das mit Romantik und Idealen begründen..."

„Glaubt es oder nicht, aber so war es. Und da es bei euch keine entsprechenden Gesetze gibt, die Geschöpfe wie uns bestrafen, müssen wir zurück. Lasst uns den Temporator ins Wohnzimmer tragen und auf das Mondlicht warten. Man benötigt den Mond als Fixpunkt zur Einstellung der Phasenverschiebung."

Bak und Tok schleppten den Spiegel-Temporator ins Zimmer und stellten ihn so hin, dass er mit der Spiegelseite zum Fenster blickte.

Der blaue Sommerhimmel dämmerte allmählich. Am Horizont erschien der Mond. Da ertönte der inzwischen vertraute Kristallklang. Bak berührte eine bestimmte Holzschnitzerei und die Oberfläche des Spiegels verfinsterte sich.

Bak strich sich über den Kamm. „Nun denn, fangen wir an."

Als erstes trugen Sie Pak zum Spiegel, der dort spurlos verschwand. Bak hantierte noch etwas an den Verzierungen herum. Auch die zwei anderen verschwanden hinter ihrem Anführer.

„Jetzt bin auch ich an der Reihe", sagte Bak. „Ich möchte mich aufrichtig entschuldigen. Ich kehre nun in meine Welt zurück und werde nie wieder zurückkehren. Dieser Temporator wird wahrscheinlich zerstört werden. Eines schönen Tages wird der Spiegel einfach verschwinden. Es tut mir leid, liebe Reba, dass ich dir den Verlust einer so schönen Sache nicht ersetzten kann."

„Und deine Gefangenen, liegen die nun in euerer

Welt mit Klebeband umwickelt?“, wollte Reba wissen.

„Nein, dort haben sie sich natürlich verwandelt und sind von keinerlei Fesseln gebunden.“

„Dann werden sie ja flüchten!“, sagte Tok.

„Das glaube ich kaum.“ Bak lachte. „Ich wäre bei uns mit ihnen sowieso nicht fertig geworden. Habt ihr nicht gesehen, wie ich an den Verzierungen hantiert habe? Das ist das Navigationssystem. Damit habe ich sie in solche Welten geschickt, wo die vorherrschenden Lebewesen Raubtiere sind. Pak zum Beispiel spaziert jetzt zwischen stinkenden Sümpfen in Gestalt eines Tyrannosaurus Rex. Und nun, lebt wohl!“

Er berührte einen nur für ihn erkennbaren Punkt auf dem Pfeilerspiegel und schritt hinein in die Schwärze, die ihn restlos verschlang. Dann klickte etwas und der Spiegel strahlte wieder in seiner überirdischen Reinheit.

So, nun ist das Märchen zu Ende! Wer’s nicht glaubt, ist selbst schuld.

„Und das Ei?“

„Das ist heruntergefallen und zerbrochen.“

Durch ein altes Rohr

Bald ist Neujahr!

Der Fluss der Zeit hat die dunklen Schluchten des Dezembers fast verlassen. Um zwölf Uhr Mitternacht wird er in finstere unterirdische Höhlen tauchen und am Morgen des ersten Januars als kalter, klarer Strahl aus den Felsen hervorbrechen. Den ganzen langen Dezember warten wir auf diesen Moment.

In diesen kurzen Tagen gibt es nichts Angenehmeres, als durch die weihnachtlich dekorierten Geschäfte zu schlendern. Wenn der graue Morgen nahtlos in einen trüben Abend übergeht, sind es nur die Geschäfte, die mit dem Glanz ihrer Schaufenster und der Wärme locken.

An einem dieser nasskalten Dezembertage fuhr Reba mit einer Reisegruppe im Bus in die große Stadt. Wie schon so oft, ging sie dreimal den Weg vom Bus zur Altstadt und zurück, erst dann war sie überzeugt, den Weg gut genug zu kennen und begann schließlich ihre Erkundungsreise. Nicht jeder begreift, dass man solche vorfestlichen Unternehmungen alleine machen muss, denn sonst verwandelt sich der Zauber dieser Ausflüge durch diese schöne Welt von kleinen nützlichen, aber auch interessanten nutzlosen Ereignissen in einen ganz gewöhnlichen Spaziergang mit viel Geschwätz und Gegacker.

Reba kennt das seit Langem aus eigener Erfahrung und hat sich deshalb auch alleine aufgemacht. Jetzt kann sie keiner mit den Worten „Was stehst du da wie angewurzelt vor diesem Firlefanz?!“ mit sich ziehen und dann seinerseits wie ein Schneemann vor dem schlimmsten Quatsch stehen bleiben.

Vielleicht sollte sie zu dem Souvenirladen dort gehen? In diesem Geschäft gibt es eine erstklassige Bastelabteilung. Aus Brettern, Zweigen, Stoffstücken, Federn, Halmen und mit ein wenig Geschicklichkeit und noch mehr Fantasie wird alles ganz bunt, festlich und originell. In der Vorweihnachtszeit möchte man am liebsten tagelang da sitzen und basteln.

Und hier ist ein ganz winziger Laden: „Kunst- und Halbedelsteine." Malachite, Saphire, Achate, Jaspis, Tigeraugen, Turmalin... Das Aufzählen alleine raubt einem den Atem. Und dann gibt es noch die Welt des Porzellans und Glases. Und da die der Elektronik und Fotografie, der Bücher und des Spielzeugs. In einem Anlauf kann man sich das alles gar nicht ansehen.

Ein Geschäft mit Antiquitäten gibt es hier allerdings nicht. Aber unsere Reba ist eine Veteranin des antiquarischen Wesens. Kann so jemandem irgendetwas verborgen bleiben, vor allem wenn man im Voraus ausgiebig die dicken Stadtführer studiert hat? Und natürlich wusste Reba aus dem Effeff, dass, wenn man vom Zentrum nur ein paar Straßen nach Süden geht und dann in die verwinkelte Seitengasse einbiegt, dort ein Antiquariat auf sie wartet.

Am meisten ähnelte dieser Laden dem unterirdischen Bau eines Tieres unbekannter Gattung, dem Rebas Ansicht nach aber die fachlich korrekte Bezeichnung „Gemeiner Müllsammler" zustehen sollte. Die Bude (dieser Name entsprach dieser Einrichtung am ehesten) war bis zum Rand mit dem exotischsten Krimskrams vollgestopft. Ein Kenner des antiquarischen Wesens würde der Meinung sein, hier gäbe es eine Vielzahl interessanter Dinge. Trotzdem machte das Inventar bei großzügiger Betrachtung den Eindruck eines großen Plunderhaufens. Wenn man dagegen etwas strenger urteilt... Aber warum sollten wir so streng sein, wo doch Weihnachten vor der Tür steht?

Der Besitzer dieses Ladens, ein mürrischer, alter Hahn, verfügt offensichtlich über ein besonderes Talent, für das es zwar noch keinen Namen gibt, das aber auch nicht unbedingt einen braucht.

Solche kleinen Läden vertreiben die meisten potentiellen Kunden schon alleine durch ihren Anblick. Aber Reba war eine kampferprobte Kennerin von Antiquariaten. Die Vorweihnachtszeit war für sie traditionell die Zeit, um solche Läden abzuklopfen. In der großen Stadt gewesen zu sein und nicht ein einziges Antiquariat besucht zu haben, das war für Reba ein Ding der Unmöglichkeit. Umgeben von ausgebleichten Gemälden stöberte sie bedachtsam, spähte in die staubigen Schränke und widmete ihre Aufmerksamkeit schließlich den grünen kupfernen Gusstücken und versuchte dabei, ihren ursprünglichen Zweck zu erraten.

„Ach Gottchen“, seufzte der Ladenbesitzer, ohne sich dabei an jemanden zu wenden, „vor Weihnachten kommt hier niemand rein.“

„Klar“, sagte Reba, „jetzt kaufen alle glänzende und festliche Sachen, um etwas Licht und Freude in diese dunkle Jahreszeit zu bringen. Antiquitäten verkaufen sich eben nicht von selbst. Wer so etwas kauft, kommt erst ein paar Mal, um sich mit der Sache anzufreunden, zu verhandeln und sich zu Hause vorzustellen, ob sich das Objekt in einer neuen Umgebung wohlfühlen würde. Der Käufer muss allmählich in den Zustand kommen, in dem er sozusagen die Seele des Gegenstandes spürt.“

„Sie sind ja eine richtige Dichterin der antiquarischen Welt“, meinte der Hahn skeptisch. „Suchen Sie etwas Bestimmtes?“

„Ganz im Gegenteil. Ich suche etwas Unbestimmtes. Ich liebe ungewöhnliche, geheimnisvolle Dinge.“

„Das tut mir jetzt wirklich leid, aber so etwas wird sich bei mir wohl nicht finden. Und was kann denn schon so Geheimnisvolles an, sagen wir mal, einem alten Bügeleisen sein? Was für ein Bügeleisen würde Ihnen ungewöhnlich vorkommen? Ein verbogenes, oder was?“

„Natürlich nicht. Der springende Punkt liegt nicht in der Form. Sagen wir mal, eine Sache soll eine bestimmte Funktion erfüllen, aber nicht so, wie man es erwartet.“

„So wie ein verbogenes Bügeleisen?“

„Eher wie eine Handmühle, die nicht mahlt, dafür aber wie ein Ventilator funktioniert.“

„Ah, so ein Ding habe ich!“, rief der Hahn.

Er ging krächzend daran, in einer abgenutzten, mit verrostetem Eisen beschlagenen Truhe zu suchen.

Eine halbe Ewigkeit wühlte er darin und rief schließlich: „Hier!“

Auf dem Tisch lag nun ein Fernrohr, das genauso abgenutzt aussah wie alles andere in dem Laden.

„Was ist denn an dem so ungewöhnlich?“, fragte Reba und betastete vorsichtig das abgewetzte, grün gewordene Wunderding.

Der Besitzer stierte mit stumpfem Blick auf das Rohr. „Schwer ist das Miststück, voller Gläser, wie es scheint, aber vergrößern tut es um keinen Deut. Schauen Sie, wie viele Ringe es zum Einstellen hat, aber nichts stellt sich ein."

Henne Reba war es inzwischen auch schon aufgefallen, wie viele mit Skalen versehene Ringe das Fernrohr hatte. Vorsichtig nahm sie das Rohr und blickte durch das Okular.

Und tatsächlich: Es vergrößerte kein bisschen. Außerdem wurden alle Gegenstände mit einem Heiligenschein aus seltsamen Farben umrahmt. Die gestörte Optik des Rohres bewirkte eine sehr starke Farbverzerrung. Reba drehte an den Skalenringen, aber die Farben wurden nur noch seltsamer.

„Wahrscheinlich ist es einfach kaputt", dachte Reba laut.

„Könnte sein, aber alles bewegt sich zu reibungslos."

Reba drehte zerstreut an den Ringen.

„Und wie viel soll das kaputte Ding kosten?", fragte sie eher aus Höflichkeit.

„Ach, was soll so etwas schon kosten? Von mir aus schenke ich es Ihnen zu Weihnachten." Er wickelte den Gegenstand in gebrauchtes Geschenkpapier und überreichte es Reba feierlich.

Zu Hause wurde Reba nur von einem Zettel auf dem Tisch begrüßt. Darauf stand:

„Wir sind ausgegangen. Abendessen steht im Kühlschrank.

Oma und Opa"

„Na so was!“, sagte Reba und lachte. Dann packte sie ihre Einkäufe aus.

Im Winter schätzt man sein Zuhause doch besonders. Je nasser und kälter es draußen ist, desto wärmer und gemütlicher ist es drinnen. Reba machte es sich im Sessel bequem, wärmte ihre Füße und schaute die Einkäufe durch: „Das ist für Oma und Opa, das ist für meine Freundin Rosa, das hier für Tok und das für Professor Gas...“

Sich selbst hatte Reba aus der Stadt nichts mitgebracht. Dieses Messingrohr voller Grünspan konnte man ja nicht zählen. Ungern verließ Reba ihre warme Ecke, um das Geschenk des mürrischen Antiquars auf Vordermann zu bringen. Sie reinigte den Korpus mit einem Mittel gegen Grünspan, wischte die Linsen mit Spiritus und dann mit Omas Brillentuch ab. Natürlich hatte das Reinigungsmittel nicht die Kraft, den jahrhundertealten Grünspan vollständig zu entfernen. Zum Schluss sah das Fernrohr noch bizarrer aus als zuvor.

Henne Reba kehrte in ihr gemütliches Nest zurück. Dort fuhr sie noch einmal mit dem Tuch über das Sichtrohr und blickte hindurch in Richtung der Lampe. Um den Schirm leuchtete ein bezaubernder Farbring, eine chromatische Aberration. Reba drehte an den Einstellungsringen. Der Heiligenschein zuckte, die Farben veränderten sich und wurden noch festlicher. Sie vergnügte sich noch eine Zeit lang mit dem „Kaleidoskop“, verschob die Farben von einem Ende des Spektrums zum anderen, vergrößerte und verkleinerte die Farbringe. Aber auf einmal verschwand die Farbverzerrung ganz. Das Messinggerät zeigte nun alle

Gegenstände klar und deutlich, obwohl sie nicht größer wurden.

Reba richtete dar Rohr ganz nah auf ein Buch. Nichts. Auch als Mikroskop wollte das mit Linsen vollgestopfte Rohr nicht dienen. Danach näherte Reba das Objektiv an ihr Auge und begann den Kopf hin und her zu drehen, sodass die Gegenstände vor ihr auf und ab zu springen schienen. Irgendwann langweilte sie auch das und sie betrachtete einen Gegenstand nach dem anderen durch das Rohr.

Schließlich wanderte ihr Blick zum verstaubten und zugestellten Schrank. In der Ecke, zwischen all den gestrandeten Dingen, sah sie durch das Rohr einen riesigen Vogel, der da aufgeplustert saß. Dieses Geschöpf konnte man nur zur Not als Vogel bezeichnen. Das ungewöhnliche Wesen erinnerte gleichzeitig an einen Vogel und an eine Echse. Es hatte große, scharfe Zähne. Der ganze Körper war bis auf den Kopf mit Federn bedeckt. Die vorderen Gliedmaßen hatten alle Eigenschaften von Vogelflügeln, nur waren die Krallen nicht so weich wie die von Reba, sondern lang und spitz. Der Echsenvogel hatte einen langen Schwanz mit Steuerfedern, die in allen Farben des Regenbogens schillerten.

„Ein Archaeopteryx!“, dachte Reba begeistert. Sie stieg aus dem Sessel und betrachtete den Urvogel aus verschiedenen Blickwinkeln. Als sie ihr Auge vom Objektiv nahm, war der Vogel verschwunden.

„Tatsächlich, ein ungewöhnliches Rohr. Man sieht damit, was sonst unsichtbar ist!“ Ihr war natürlich klar, dass es eigentlich keine unsichtbaren Dinge geben kann. Zudem benahm sich der Archaeopteryx seltsam, das heißt, er benahm sich überhaupt nicht. Er hatte sich in der ganzen Zeit kein einziges Mal bewegt.

Nachdem sie den unsichtbaren Vogel von allen Seiten betrachtet hatte, wollte sie ihn berühren. Sie schob einen kleinen Tisch zum Schrank, kletterte darauf und streckte vorsichtig ihren Flügel zu dem Urvogel aus.

Das unsichtbare Wesen existierte wirklich! Unsere Henne hatte eindeutig eine Vibration in ihren Fingerspitzen gespürt, die von dem Körper des Wesens kommen mussten.

Mutig geworden berührte Reba die herrliche, in allen Farben des Regenbogens schillernde Schwanzfeder. Da spürte sie Hitze in ihren Flügelspitzen. Sie zog sofort ihren Flügel zurück. Auf ihrem Finger war nun eine blutende Schnittwunde. Die Feder war scharf wie eine Rasierklinge.

„So ist er also, dieser Archaeopteryx! Nicht nur scharfe Zähne hat er, sondern auch scharfe Federn! Jetzt will ich's aber wissen! Ein paar Federn sollst du mir lassen!“

Sie ging hinunter ins Erdgeschoss und durchsuchte hektisch alle Schubladen von Opas Schreibtisch. Endlich fand sie seine schnittfesten Handschuhe, die auf dem offensichtlichsten Platz lagen – dem Tisch. Diese Handschuhe, behauptete Opa, nehmen es mit jedem Messer auf. Reba streifte sie über und schritt entschieden zu ihrem Zimmer. Der unsichtbare Urvogel war auf seinem Platz, nur schien es Reba, dass sich seine Position doch irgendwie verändert hatte. Reba maß diesem Eindruck keine Bedeutung bei, kletterte auf den Tisch, schätzte ihr Ziel durchs Rohr und zog schnell daran. Eine Feder war in ihrer behandschuhten Hand und pulsierte sichtbar in bunten Farben. Reba zupfte noch eine Feder heraus. Daraufhin stellte sie den kleinen Tisch an seinen Platz zurück, machte eine Vase ausfindig und platzierte ihre Trophäen dort. Dann richtete sie das Messingrohr wieder auf den Urvogel. Aber der Archaeopteryx war nicht mehr an seinem Platz. Reba richtete das Rohr verdattert auf die Vase. Hatte sie das alles womöglich nur geträumt? Nein, die Federn waren noch da.

Plötzlich knarrte das Fenster. Der Urvogel saß auf dem Fenstersims und öffnete ganz langsam, wie in Zeitlupe, das Fenster. Schon saß der Echsenvogel auf der Kante des Fensterbretts und hatte die Flügel ausgebreitet. Wie in Zeitlupe schlug der Archaeopteryx mit den Flügeln und flog davon. Das war ein Flug, bei dem die Regeln der Aerodynamik herausgefordert wurden. Langsam und ungelenk schlug der geheimnisvolle Urvogel mit seinen riesigen Flügeln und entfernte sich mit der Geschwindigkeit eines verschlafenen Spaziergängers von Rebas nicht sehr gastfreundlichem Haus, wo freche junge Hennen Federn aus dem Schwanz ihrer Ur-Ur-Ur-Omas herauszupfen.

Eine Zeit lang wurde Reba von Gewissensbissen geplagt. War sie zu grausam mit dem ehrbaren Urvogel umgegangen? Doch dann steckte sie das unselige Rohr in eine Tischschublade und holte sich eine Tüte Nüsse, worauf sich ihre Stimmung merklich besserte.

Am nächsten Tag erzählte sie in der Pause zwischen den Vorlesungen ihrem Freund Tok von dem Erlebnis. Aber Tok dachte nur an seine nicht bestandenen Prüfungen und hörte ihr deshalb nur mit halbem Ohr zu. Bevor sie mit ihrer Geschichte fertig war, verabschiedete er sich, um zum Labor zu gehen. Bis zum Ende des Universitätstages quälte Reba der Wunsch, Henne Rosa die Geschichte zu erzählen. Doch obwohl sich Reba als

Rosas Freundin bezeichnen durfte, war ihr diese feine Streberin nicht ganz geheuer und ihr Bericht blieb aus.

Am Abend rief Tok bei ihr an. Vor Glück fast platzend prahlte er, wie er vom „fiesen Dozenten“ den Leistungsnachweis ergattert hatte. Dafür hatte er eine Laborarbeit durchführen und abgeben sowie eine Unzahl von Tischen in den zweiten Stock hinaufschleppen müssen. Für diese großartige Leistung erließ ihm der Dozent dann die zweite Laborarbeit und stellte den Leistungsnachweis aus!

Natürlich ging bei diesem Bericht von Toks glorreichen Heldentaten im unverdrossenen Kampf gegen den bösen Magister Rebas Geschichte von ihrem rätselhaften Abenteuer unter. In seiner Freude lud Tok sie ins Café ein, um seinen heldenhaften Sieg zu feiern. Nachdem er im Café zum fünften Mal in allen Einzelheiten von seinen blöden Tischen erzählt hatte, war er endlich bereit, sich Rebas Geschichte anzuhören.

Ein anderer hätte Reba vielleicht nicht geglaubt, aber Tok, nachdem sie es gut genug erklärt hatte, glaube ihr und war auch gleich bereit, sich Rebas Abenteuern anzuschließen, ohne sich um die Folgen zu sorgen.

Nachdem er also unserer Henne aufmerksam zugehört hatte, gab er zu, dass man Rebas Erlebnis durchaus auf eine Stufe mit seinem ruhmreichen Sieg stellen konnte. Er hatte auch gleich Ideen, wie die weitere Entwicklung dieses Abenteuers verlaufen könnte. Insbesondere meinte er, dass in ihrem Städtchen nicht nur ein Urvogel existierte, sondern womöglich eine ganze „verborgene Welt“.

„Ich denke, wir sollten Professor Gas davon erzählen, vielleicht würde er eine richtige Expedition organisieren“, begann Tok.

„Was soll ich denn dem Professor erzählen? Wie ich dem Echsenvogel die Federn ausgerupft habe?“

Nach längerem Überlegen einigten sie sich darauf, dass sie zuerst selbst auf die Suche nach den geheimnisvollen Unsichtbaren gehen wollten – aber natürlich erst, nachdem Tok endlich all seine Leistungsnachweise beisammen hatte.

Schließlich war es soweit: Die Prüfungswoche fand ein glückliches Ende und unsere Freunde konnten ihr Vorhaben in die Tat umsetzen. Als Erstes untersuchten sie Toks Haus, fanden aber nichts. Sobald Tok zu Hause war, warf er sorglos alle Unisachen von sich ab. Nachdem Reba die Flugbahnen und die Geschwindigkeit der Flugkörper berücksichtigte, entschied sie, dass sie, wäre sie so eine schwerfällige unsichtbare Vogelechse, um nichts auf der Welt in so einer Wohnung leben würde.

Wohin sollten sie jetzt gehen? Das ganze Städtchen, Haus für Haus, absuchen, unter dem Vorwand Zeitschriftenabonnements vermitteln zu wollen, wie es Tok vorschlug, wäre unvernünftig.

„Tok, du warst doch sicher lange nicht mehr bei deiner Tante Agi“, sagte Reba.

„Na und? Was habe ich da verloren?“

„Und ihre anderen Neffen, besuchen die sie öfter?“

„Die anderen? Was sollen die bei ihr?“

„Na, na! Tok, mir kommt da eine Idee! Für solche schwerfälligen Wesen wie diese unsichtbaren Echsenvögel ist es unmöglich, dort zu leben, wo Küken und andere lebhafte Hühner wohnen. Wenn ich ein Archaeopteryx wäre, würde ich mich bei irgendeiner alten Henne einnisten, die nur selten von Neffen und Enkeln Besuch bekommt. Die alte Henne würde friedlich in ihrem Sessel vor sich hin dösen, während ich still auf irgendeinem Schrank hocken würde. Und niemand würde Bälle oder Mützen in meine Richtung schleudern!"

„Hurra! Reba, großartige Idee!"

Und so besuchten sie am nächsten Tag Tante Agi. Sie wünschten ihr frohe Weihnachten, schenkten ihr eine Kaffeekanne aus Porzellan und eine große Schachtel Pralinen. Die gerührte Tante ließ sie am Tisch Platz nehmen und bewirtete sie mit Tee und Mandelplätzchen.

Während Reba in ein Gespräch mit Tante Agi über das Backen von Mandelplätzchen vertieft war, schaffte es Tok, alle Ecken durch das alte Rohr zu untersuchen.

„Sitzt da", sagte er leise zu Reba und bedachte sie mit einem bohrenden Blick.

„Wer sitzt?", fragte die Tante.

„Der Sperling auf dem Dach! Mir ist da eben ein Weihnachtsgedicht eingefallen."

„Tok war schon immer so ein Spaßvogel", erklärte Tante Agi unserer Reba. „Beachte ihn nicht. Ich zeige dir gleich ein Buch mit alten Rezepten, das mir von meiner Großmutter gegeben wurde!"

Sie stand auf, um zu ihrem Schränkchen zu

gehen. Tok reichte Reba wortlos das Rohr und zeigte mit dem Finger auf eine Ecke.

„Tatsächlich, da ist ja einer. Nur ist das nicht mein Vogel. Bei diesem hier sind alle Federn vollständig“, meinte Reba.

Die Tante kehrte nun mit einem großen alten Buch zurück und sie vertieften sich wieder in die Geheimnisse lang vergessener Rezepte.

Tok stand die Langeweile ins Gesicht geschrieben und er fragte mit ungewöhnlich höflicher Stimme: „Tante, darf ich mir bitte deine Fotoalben anschauen?“

„Ja, ja, schau nur“, erwiderte sie.

Daraufhin nahm er das Rohr aus Rebas Hand und entfernte sich, während er verstohlen die Handschuhe aus seiner Tasche hervorholte.

Draußen reichte Tok Reba das Messingrohr.

„Schau mal, ich hab auch eine Feder ergattert!“

„Tok“, sagte Reba entsetzt, „warum reißen wir ihnen überhaupt die Federn aus?“

Tok sah etwas unschlüssig drein. „Wie, warum? Du hast doch selbst als erste damit angefangen. Wir brauchen doch Beweise für unsere Entdeckung. Stell dir vor: In allen Zeitungen – ach was Zeitungen – in dicken wissenschaftlichen Zeitschriften wird man berichten: „Der ausgestorben geglaubte Urvogel Archaeopteryx wurde von talentierten Studenten entdeckt.“ Und dann in Großformat unsere Fotos. Ins Fernsehen kommen wir! Und vielleicht ist das gar kein Archaeopteryx und diese neue Spezies nennt man... Von mir aus benennt man sie nach dir: Reba Archaeopteryxähnliche.“

„Mein lieber Tok, meinst du nicht, dass du da einen ganz schönen Quatsch daherredest?“

„Ich weiß, wovon ich rede! Am besten wäre es natürlich, wenn wir einen lebendigen Archaeopteryx fangen könnten...“

„Fangen ist gut. Wo sollen wir denn so einen Käfig auftreiben? Hast du gesehen, mit was für Zähnen sein Schnabel bewaffnet ist? Und Federn haben sie, wie Rasierklingen.“

„Ich hab’s!“, krähte Tok. „Lass uns versuchen, sie sichtbar zu machen. Wir besprühen sie einfach mit Farbe! Ich habe mal eine Geschichte von einem Unsichtbaren gelesen, der wurde sogar von Regentropfen sichtbar.“

„Ja klar. Wir gehen zu deinem Tantchen und fangen an, ihren Schrank rot zu färben.“

„Na ja, muss ja nicht unbedingt rot sein, grün geht auch...“

Eine Zeit lang gingen sie schweigend nebeneinander her und zerbrachen sich die Köpfe über das Urvogel-Problem.

„Tok, was glaubst du, wo könnte mein Vogel hingeflogen sein?“, fragte Reba plötzlich, als sie am Stadttheater vorbeiliefen.

Tok blieb stehen.

„Weißt du, wenn ich so ein unsichtbarer Vogel wäre, würde ich mich in einem Theater verstecken. Hier gibt es viele Räume, wo jahrzehntelang niemand hineinschaut.“

„Das kann gut sein. Morgen früh gibt es eine Kindervorstellung, da könnten wir vorbeischauen.“

Als sie am nächsten Tag dort ankamen, war das Theatergebäude schon ganz vom feierlichen Gedränge erfasst. Es herrschte diese besondere, aus der Kindheit vertraute Weihnachtsstimmung, wenn der Duft der Tannenzweige wie aus einem Zaubermärchen herüberweht, wenn die Zeiger der Uhr dir zuzwinkern und die Dekoration aus Konfetti, lila leuchtenden Schleifen und Watteschnee sich plötzlich in ein geheimnisvolles ABC verwandelt, mit dessen Zeichen die wunderbarsten Märchen geschrieben sind.

Die als Hirten und Könige verkleideten Knirpse stürmten zielstrebig in die Empfangshalle. Die außer Atem gekommenen Eltern und aufgesetzt ernsten älteren Geschwister sahen ihnen nur hinterher. Dann rannten sie piepsend geradewegs weiter in den Saal, wo sie eine große Tanne und die Requisiten der Weihnachtsgeschichte erwarteten.

Zusammen mit einer großen Kinderschar betraten Tok und Reba das Theater. Sie liefen natürlich nicht in den großen Saal, sondern stiegen würdevoll in den ersten Stock hinauf. Hier verlief alles ein wenig langsamer und vor allem weniger laut. Sie hörten, wie hinter einer Tür für ein Stück geprobt wurde. Im Gang saßen auf gemütlichen Sofas Eltern, die nicht in die Vorstellung gegangen waren. Zwischen ihnen gingen Theatermitarbeiter geschäftig hin und her.

Unsere Freunde durchsuchten die Räumlichkeiten. Tok sah in verschiedene Zimmer und entschuldigte sich, wenn dort jemand war, während Reba in der Zwischenzeit den Raum durch ihr antiquarisches Rohr betrachtete. Als sie ans Ende des Ganges ankamen, stießen sie auf ein großes Zimmer. Hier sah man zerlumpte Bühnenbilder, zerbrochene Degen und Stühle mit drei Beinen. Ausrangierte Kostüme und staubige Perücken hingen an einer Wand. Wahrscheinlich wurde dieser Raum früher einmal mit einem Schlüssel abgeschlossen, jetzt gab es allerdings nicht einmal ein Schloss in der Tür. Größtenteils war dieses Zimmer mit sperrigen Schränken vollgestellt, auf die man noch allerlei Kram gestapelt hatte. Auf einem hatte man sogar ein Nachtkästchen aufgetürmt. Und auf eben diesem Kästchen erspähte Reba einen Urvogel.

„Lass mich auch sehen!“, drängte Tok, als er Rebas freudigen Aufschrei hörte. Aufmerksam betrachtete er den Archaeopteryx durch den antiquarischen Apparat. Schließlich gab er Reba das Messingrohr zurück, holte das Farbflakon aus einer Jackentasche und versuchte, auf den Schrank zu klettern. Das gelang ihm schließlich, nachdem er die Idee hatte, eine große alte Truhe unterzustellen.

„Wo hat dieser Vogel seinen Schwanz?“, fragte Tok und nahm die Kappe vom Sprühkopf.

„Etwas weiter nach links“, dirigierte Reba, „und jetzt ein wenig nach unten.“

„Die Farbe hält nicht!“, ertönte nach einigen Sekunden Toks Stimme, die ganz enttäuscht klang.

„Doch!“, meinte Reba, als sie seine Arbeit durch das Rohr begutachtete. „Nur wird die Farbe auf seinen Federn ebenfalls unsichtbar.“ Sie nahm das Sichtrohr wieder von ihrem Auge. „Okay, komm herunter. Das bringt nichts, nur das Nachtkästchen ist ganz rot geworden. Hier verbirgt sich irgendein Rätsel, so leicht wird es sich nicht lösen lassen."

„Hab ich nicht gesagt, dass wir Professor Gas brauchen?", krächzte Tok, während er versuchte, mit dem rechten Fuß auf die zerrüttete Truhe zu treffen.

Wieder im Gang versuchte Reba, den Staub und die Spinnweben von Toks Kleidern abzustreifen. „Nein, ohne Wasser wird das nichts", meinte sie schließlich.

Im Erdgeschoss schauten sie im großen Saal vorbei. Die Vorstellung war in vollem Gange. Musik spielte und Kindergesang ertönte, während bunte Lichter ihnen fröhlich zuzwinkerten. Der vom Misserfolg verstimmte Tok sah sich im Saal um. Reba, die den Fehlschlag schon vergessen hatte, betrachtete vergnügt die tanzenden Hirten.

Tok stieß sie etwas unsanft an. „Schau her, ist das dort nicht deine Vogelechse?"

Reba nahm das Rohr von Tok. Auf dem hohen Kronleuchter saß ein Urvogel, der Kopf stieß fast an die Decke.

„Ja, wirklich, das könnte mein Urvogel sein! In den Schwanzfedern sieht man eine kleine Lücke. Nur kann man das von hier aus nicht genau erkennen."

Den ganzen Weg nach Hause schwieg Tok. Kurz vor Rebas Haus meinte er schließlich: „Bleibt nur eins – wenigstens einen Echsenvogel zu fangen."

„Was schaust du so traurig drein?", fragte Großmutter Reba zu Hause. „Hast dich etwa mit Tok gestritten?“

„Ach was, ich bin sogar sehr fröhlich. Mein Problem ist rein wissenschaftlicher Natur.“

„Armes Kind“, seufzte Großmutter, „lernt pausenlos und hat trotzdem Probleme wissenschaftlicher Natur.“

Nach dem Abendessen stieg Reba zu sich auf das Dachgeschoss, machte es sich in ihrem Sessel gemütlich und überlegte: „Wir hätten wohl doch von Anfang an Professor Gas zu Rate ziehen sollen, bevor wir den Echsenvögeln die Federn ausgerupft und die Schwänze gefärbt haben.“ Sie holte aus ihrem Täschchen das unselige Rohr und blickte ratlos hinein. Im Sichtfeld des Rohres waren alle Gegenstände wieder von Heiligenscheinen umgeben.

„Oje! Jetzt werde ich es wohl nicht mehr einstellen können“, dachte sie traurig.

Unglücklich blickte sie zu den Federn, die in der Vase wie ein Blumenstrauß leuchteten – natürlich nur dann, wenn man sie durch das Rohr betrachtete.

Aber ach! Auf dem Tisch sah sie lediglich die leere Vase, die von bunten Lichtkränzen umgeben war. Fieberhaft drehte Henne Reba mal an dem einen, mal an dem anderen Ring, richtete das Rohr mal auf die Vase, mal auf einen anderen Gegenstand. Zufällig kam der Schrank in ihr Blickfeld, auf dem sie zum ersten Mal den geheimnisvollen Urvogel entdeckt hatte.

Tatsächlich! In regenbogenfarbigen Strahlenkränzen leuchtend saß dort der urtümliche Vogel Archaeopteryx!

Reba nahm das Rohr von ihrem Auge. Der

Urvogel mit den scharfen Zähnen saß unverändert auf seinem Platz und machte keine Anstalten, zu verschwinden. Nachdem der Echsenvogel Rebas Blick in ihre Richtung bemerkt hatte, zwinkerte er ihr zu und sagte mit knarrender Stimme: „Hast du es kaputt gemacht?“

Reba nickte hastig mit dem Kopf. Die Worte blieben ihr im Halse stecken und ihr wurde schwindlig.

„Mit komplizierten Apparaten muss man sorgsam umgehen. Das ist kein lustiges Federrupfen! Manche jungen Hühner müssen gleich Unfug treiben, wenn sie etwas Ungewöhnliches zu fassen bekommen. Dem einen färben sie den Schwanz, der anderen rupfen sie Federn aus. Was für ein schlechtes Benehmen die jungen Hühner von heute haben!“

Sie fuhr fort, Reba zu belehren. Ihre rostige Stimme duldete keinen Widerspruch und klang so, als hätte sie ihr Leben lang nichts anderes getan, als unartigen jungen Hühnern eine Standpauke zu halten und hätte nicht immerzu auf Rebas staubigen Schrank gesessen.

Schließlich brachte Reba doch eine Antwort heraus: „Die Federn habe ich nicht einfach so herausgerissen, sondern im Dienste der Wissenschaft!“

„Und wie heißt wohl diese Wissenschaft, die es für nötig befindet, ehrenwerten Vögeln ohne deren Einverständnis die Schwanzfedern auszurupfen?“

„Erforschung lebendig gewordener Fossilien“, erwiderte Reba bissig.

„Fossilien, wie?“

„Na klar, was denn sonst! Alle Archaeopteryxe sind ausgestorben. Und Sie leben! Sie haben sich unsichtbar gemacht und halten die Wissenschaft zum Narren! Die Wissenschaft muss doch wissen, dass Sie noch existieren!“

„Nenn mich nicht immer Archaeopteryx! Was ist das für ein garstiger Name – Archaeopteryx! Ich heiße Madame Kaggi!“

„Nun, Madame Kaggi, wenn Sie sich nicht hinter Ihrer Unsichtbarkeit verstecken würden, sondern mit mir in unsere Universität kämen, würden Sie die ganze akademische Welt in Staunen versetzen. Die Entdeckung einer der Wissenschaft bislang unbekannten Art, die seit Millionen von Jahren als ausgestorben gilt!“

„Hehe! Natürlich. Und kaum dass ich dort bin, habt ihr mich ausgestopft und in einen staubigen Schrank gestellt. Wenn du wüsstest, du dummes Hühnchen...“

„Sie können mich Reba nennen“, bot Reba ihr ungerührt an.

„Unterbrich Ältere nicht, wenn sie reden! Es sei dir gesagt, dummes Hühnchen Reba, dass eine Vertreterin einer mächtigen alten verstandesbegabten Vogelart vor dir steht! Millionen von Jahren haben wir auf diesem Planeten geherrscht. Wir haben solche Höhen in der Wissenschaft erreicht, wie ihr sie euch in euren kühnsten Träumen nicht vorstellen könnt. Wir haben Raum und Zeit besiegt! Und du willst mich ausstopfen lassen und in einen staubigen Schrank stellen?!“

„Die Zeit besiegt. Haha! Professor Gas sagt, man kann die Zeit nicht besiegen.“ Reba befiel der dringende Wunsch, diesem giftig schnatternden Vogel zu widersprechen. „Außerdem hat niemand vor, Sie auszustopfen. Erst wenn Sie dann eines Tages vor Altersschwäche sterben, dürften Sie der Wissenschaft auch auf diesem Weg dienen.“

„Wie frech du bist! Weißt du denn nicht, dreistes Hühnchen, dass du mit einem unsterblichen Vogel sprichst! Während unserer langen, langen Entwicklungsgeschichte haben wir nahezu alle Naturgesetze entdeckt und uns zunutze gemacht. Wir haben alle Krankheiten und selbst den Tod besiegt! Wir benötigen dank unserer Entwicklung keine Nahrung mehr, denn wir beziehen unsere Energie direkt aus unserer Umgebung. Nicht einmal die Kälte des Weltraums kann uns etwas anhaben!“

„Wenn Sie alles können und alles entdeckt haben, warum hocken Sie dann unsichtbar auf meinem staubigen Schrank? Sie hätten ruhig weiterherrschen können.“

„Ach, was verstehst du schon mit deinem Kükenverstand! Wenn du so viele Jahre wie ich gelebt hättest... Du denkst wohl, die Unsterblichkeit sei ein großes Glück, was? Ja, am Anfang dachten wir das auch. Doch es hat sich herausgestellt, dass das ein Weg ins Nirgendwo ist. Was meinst du, braucht eine Gesellschaft, die aus lauter Unsterblichen besteht, Bevölkerungszuwachs?“

Reba zuckte mit den Schultern. Kaggi kratzte sich mit der Kralle den Schnabel und fuhr fort: „Nachdem wir Krankheit, Hunger und Kälte besiegt hatten, konnte jeder seiner Lieblingsbeschäftigung nachgehen, sei es Wissenschaft, Kunst oder Sport. In den vielen Jahren konnten die nicht alternden, unsterblichen Vögel große Errungenschaften feiern, jeder auf seinem Gebiet. Zugleich wurde es nach und nach immer deutlicher, dass für die meisten Vögel das Leben uninteressant geworden war. Jeder war zum Spezialisten auf seinem engen Fachgebiet geworden, wo er fast alles wusste und wo ihm keiner den Rang streitig machen konnte. Er hatte keine Nachfolger, wirkliche Gegner oder besondere Bewunderer seiner Talente. Die unsterblichen Vögel wurden von einer Selbstmordepidemie erfasst."

„Ihr hättet neue Küken für die Verstorbenen aufziehen sollen", meinte Reba.

„Ach, meine Liebe, zu dieser Zeit gab es schon keine Spezialisten zur Aufzucht von Küken mehr."

„Aber das kann doch jede Henne!"

„Was erwartest du von Millionen Jahre alten Greisinnen? In Wahrheit verspürte auch niemand den Wunsch dazu. Jeder Vogel dachte, warum sollte er zusätzliche Bürden auf sich nehmen, man selber war ja unsterblich. Währenddessen vergingen Jahrhunderte, der Planet wandelte sich, eine Art verdrängte die andere, nur die Unsterblichen blieben, wie sie waren. Bevor wir uns versahen, war eure Art aufgetaucht. Und während die Fachleute nachgrübelten, ob sich eure Art zu einer verstandesbegabten entwickeln könnte, begannen eure Vorfahren schon damit, überall ihre Schnäbel hineinzustecken. Sie zerstörten unsere baufälligen Paläste und errichteten dort ihre primitiven Hütten. Aus allen Gegenden vertrieben sie uns und breiteten sich blitzschnell auf allen Kontinenten aus. Wir dagegen wurden immer weniger. Schließlich versammelten sich die bedeutendsten Wissenschaftler und berieten, was zu tun sei. Zu dieser Zeit bauten wir nichts mehr. Was eure Urahnen nicht zerstört hatten, war von selbst zerfallen. Unsere herrlichen Städte wurden von Bäumen und Sträuchern überwuchert. Nur noch hoch in den Bergen gab es einige Laboratorien und Forschungszentren.

Und so begriffen wir, dass wir, die aussterbende, wenn auch unsterbliche Art, den Jungen nichts entgegenzusetzen hatten."

„Und deshalb habt ihr euch unsichtbar gemacht!"

„Eine Leuchte bist du nicht gerade", seufzte Madame Kaggi. „Du hast uns immer gesehen, nur nie bemerkt."

„Na klar, so was würde ich doch merken!", sagte Reba.

„Eben nicht", krächzte Madame Kaggi. „Nicht immer und nicht alles bemerkst du. Eure Filme zum Beispiel laufen mit vierundzwanzig Bildern pro Sekunde. Wenn man nun noch ein fünfundzwanzigstes Bild, das etwas anderes zeigt, einfügt, würdet ihr es nicht bemerken, auch wenn ihr es seht. Nun, meine Liebe, so haben unsere hellsten Köpfe eine sehr schlaue Sache erfunden. Als Grundlage für ihre Arbeit diente ihnen die von Physikern entdeckte Tatsache, dass alle Körper von einem Chronofeld umgeben sind."

„Einem was?", wunderte sich Reba.

„Einem Chronofeld. Eure Professoren werden es wohl nicht so bald entdecken. Es wird aus Zeitteilchen gebildet, die wir Chrononen nennen. Es stellte sich heraus, dass man diese beeinflussen kann. Ich bin keine Physikerin und kann dir die Sache nur in groben Zügen erklären. Unsere Spezialisten stellten ihre Chronoregler so ein, dass wir, die wir in euerer Welt leben, es nur im fünfundzwanzigsten Teil einer Sekunde tun. Deshalb nehmt ihr uns auch nicht wahr."

„Gefällt euch denn so ein zerstückeltes Leben?", fragte Reba mitfühlend.

„Nichts hast du verstanden! Unser Leben ist gar nicht zerstückelt, sondern sogar sehr kontinuierlich. Wir leben doch nur in diesen kurzen Zeitabschnitten, die restlichen vierundzwanzig Fünfundzwanzigstel existieren für uns nicht.“

Reba sah mit fragendem Blick auf das Messingrohr. „Und warum habe ich euch durch dieses Ding sehen können?“

„In dem Rohr ist eine Vorrichtung eingebaut, die das Bild für eine Zeit lang anhält... Ach, jetzt bin ich zu sehr ins Schwatzen geraten. Man hat mich ja nur in euren Zeitfluss gebracht, damit ich diesen Apparat hier abschalte. So ein nichtsnutziger Tollpatsch von uns hat ihn verloren und ich musste für das Wiederauffinden herhalten.“

„Entschuldigen Sie vielmals!“, rief Reba.

„Ach was“, sagte Madame Kaggi und kicherte auf einmal schnatternd, „man muss sich nur mal vorstellen, ihr habt doch tatsächlich dem hochgeehrten Professor Giggi den Schwanz angefärbt!“

Reba seufzte: „Sie können ihn abschalten. Es ist mir wohl nicht bestimmt, berühmt zu werden.“

„Was redest du da! Du hast doch noch das ganze Leben vor dir!“

„Und was soll ich jetzt mit den Federn tun? Ankleben kann man sie Ihnen nicht mehr und ohne das Rohr kann ich sie nicht sehen.“

„Gib sie her!“, krächzte Madame. Sie nahm die Vase entgegen und klickte mit etwas. Reba kam es vor, als wären die bunten Federn plötzlich aus dem Nichts in der Vase aufgetaucht.

„Also, mach’s gut, meine Liebe. Ich muss mich beeilen. Überzeug mal deinen lebhaften Freund, dass es sinnlos ist, uns zu suchen. Lasst uns unsere Jahrhunderte friedlich verleben. Aber wenn du mich mal wirklich brauchen solltest, Kindchen, schreib mir einen Brief und leg ihn hier auf den Schrank. Ich werde von Zeit zu Zeit bei dir vorbeischauen.“

Etwas im Zimmer blinkte und Madame Kaggi war verschwunden.

„Auf Wiedersehen!“, rief Reba verspätet.

„Was soll’s, ich werde jetzt wohl Tok anrufen“, dachte Reba, während sie die schillernden Federn betrachtete.

Die Flasche

Wie ein weiser Hahn des Altertums einst so treffend sagte, vergehen schöne Stunden wie im Flug. So gingen nun auch die Winterferien zu Ende. Wenn man es genau nimmt, waren sie schon am Freitag vorbei, zum Glück zählen aber Samstag und Sonntag auf jeden Fall auch noch zu den freien Tagen.

Natürlich sind Winterferien nur Winterferien, was soll man ihnen groß nachtrauern? Und trotzdem ist es schade, dass sie erstens vorbei sind und zweitens, dass sie reichlich sinnlos verbracht wurden. Und wie hätten sie auch irgendwie sinnvoll verlaufen können, wenn Hahn Tok am letzten Tag der Prüfungswoche, gleich nach der letzten Klausur, es geschafft hatte, sich zu raufen? Deshalb blieb er die ganzen Ferien zu Hause und schmierte sich den genähten Kamm ausgiebig mit einer übel riechenden Salbe ein. Seine unverschämten, blaugeschlagenen Augen versteckte er unter einer alten Sonnenbrille.

Reba erzählte er, dieser Frechdachs, jedes Mal eine völlig andere, aber ebenso unglaubwürdig klingende Geschichte über die Gründe für die „kleine Auseinandersetzung". Reba hörte irgendwann auf, ihm zu glauben, und beschloss, die Wahrheit selbst herauszufinden. Dazu wollte sie nach Ferienende unvoreingenommene Zeugen des Vorfalls befragen.

Inzwischen waren ihr jedoch die Ferien von diesem Raufbold verleidet worden, ganz egal, wie es zu der Prügelei gekommen war. Zu alledem kam dieses miese Wetter hinzu, das schon seit Wochen anhielt. Reba blieb also nichts anderes übrig, als die ganzen Ferien zu Hause auf dem Sofa zu verbringen und dicke Romane zu verschlingen.

Aber wie man die Ferien auch verbracht hatte, es war doch immer schade, dass sie vorbei waren.

Gestern sah Reba an einer Säule ein grellgelbes Plakat. An diesem Wochenende würde also auf dem Festplatz in ihrem Städtchen ein Flohmarkt stattfinden. Den ganzen Sonntagmorgen überlegte sie, ob sich tatsächlich genügend närrische Hühner finden würden, die – a) einen Verkaufsstand aufstellen und – b) als Besucher kommen würden.

Gegen zehn Uhr kam sie zu dem Schluss, dass sich dieses Rätsel nicht theoretisch lösen lässt, sondern praktisch angegangen werden muss.

Schon von Weitem sah sie die aufgeschlagenen Zelte und Tische. Natürlich konnte dieser Februarflohmarkt dem im Sommer kaum das Wasser reichen. Dann entstanden auf dem Festplatz drei, manchmal sogar viereinhalb Reihen und es war zwecklos zu hoffen, in diesem Gedränge schnell weiterkommen zu können, es sei denn, man wollte platt getretene Füße nach Hause tragen.

Trotz des nassen, matschigen Schnees und des durchdringend kalten Windes waren zumindest so viele Verkäufer gekommen, dass sich eine ganze Straße aus den Ständen gebildet hatte. Und zwischen den Ständen gingen tatsächlich Käufer, die mit ihren Stiefeln den angetauten Schnee fleißig durchmischten. So gut wie alle Verkäufer, außer zwei blaugefrorenen, durchnässten Schülern, waren Veteranen des antiquarischen Wesens. Zum einen handelte es sich um Eigentümer von Antiquariaten, zum anderen um Liebhaber, die davon träumten, in absehbarer Zeit solche zu werden.

Henne Reba schlenderte ohne Eile von einem Stand zum anderen. Zuerst ging sie die rechte Seite ab, drehte dann um und ging langsam die linke Seite entlang. Sie versäumte es bei dieser Gelegenheit natürlich nicht, alle möglichen Antiquitäten von eher belanglosem Wert in ihren Händen hin und her zu wenden, versteinerte Muscheln zu berühren und sich nach den Preisen zu erkunden.

Doch ihre Hauptbeschäftigung bestand heute darin, die frierenden Verkäufer zu beobachten, die viel Einfallsreichtum an den Tag legten, um sich aufzuwärmen. Die erfahrensten unter ihnen umzäunten ihre Zelte mit Plastikschirmen und wärmten sich mithilfe Tassen mit heißem Kaffee, den sie unverdrossen aus Drei- oder Fünf-Liter-Thermosflaschen nachgossen.

Jenem dicken Hahn dort drüben kann wohl gar keine Kälte Angst einjagen. Mit ernster Miene, geschwollener Brust und offener Jacke steht er da. Und diese aufgescheuchte Henne aus der gegenüberliegenden Reihe friert verzweifelt, unternimmt aber auch nichts, um sich aufzuwärmen. Doch in ihrem Gesicht kann man solch eine Schicksalsergebenheit lesen, dass man glauben mag, sie sei nur zu einem einzigen Zweck auf diese Welt gekommen, nämlich um zu frieren. Und der junge Hahn da hat sich so gut angezogen, dass er wie ein lebendiger Schneemann aussieht. Ihm ist sicher gar nicht kalt. Aha! Und dieser Held dort, der ein Bein ans andere reibt und vor Kälte herumspringt, kommt unserer Reba bekannt vor.

Ja, natürlich! Das ist ja der frischgebackene Besitzer des Antiquariats in dem Nachbarstädtchen.

„Guten Morgen“, begrüßte ihn Reba.

„Hallöchen“, erwiderte der vor Kälte bibbernde Hahn.

„Sie hatten also trotz dieser Kälte Lust, sich hierherzuschleppen?“

Inzwischen hatte er Reba erkannt. „Lust oder nicht – was muss, das muss. Bei diesem Beruf muss man unter die Leute kommen. Das ist ja wie ein Club bei uns, wo man Rat bekommt und seine Erfolge vorzeigen kann“, meinte der Verkäufer, während er unablässig ein Bein gegen das andere rieb.

„Erfolge? Haben Sie heute denn schon viel verkauft?“, erkundigte sich Henne Reba und schaute ganz unschuldig.

„Ebenso wichtig ist ja, wie viel ich selbst für den Verkauf erworben habe. Wir bekommen unsere Ware ja nicht von der Fabrik bereitgestellt“, meinte der Verkäufer lächelnd.

Er zuckte ein paar Mal mit seinen steifgefrorenen Flügeln. „Sie haben sich lange nicht mehr in unserem Städtchen blicken lassen, wir haben sie vermisst.“

„Was kann man denn im Winter bei Ihnen schon machen? Selbst in Ihrem Laden...“ Hier brach Reba ab, da ihr die Taktlosigkeit ihrer Worte bewusst wurde.

„Wollen Sie etwa sagen, dass es in meinem Geschäft nichts Brauchbares gibt? Da tun Sie mir aber Unrecht! Erst vor kurzem habe ich eine interessante Hausentrümpelung erwischt!“

„Eine Entrümpelung?“

„Von Zeit zu Zeit heuert man uns an, um ein Haus von altem Trödelkram freizuräumen. Manchmal bei einem Umzug, aber meistens, wenn jemand erbt. Soviel Schrott muss man dabei durchstöbern, bis man endlich etwas Wertvolles findet! Ab und zu sind auch echte Schätze dabei. Das eine oder andere muss man restaurieren. Aber sehen Sie es sich ruhig selbst an, ich zeig Ihnen dann ein paar Sachen. Nicht weit von meinem Haus hat eine alte Henne gewohnt. Nach ihrem Tod fanden sich keine direkten Erben, dafür aber ziemlich viele sekundäre, ganze 29! Fünf Jahre haben die gebraucht, um sich zu einigen, wie sie das Haus aufteilen! Und als es soweit war, heuerten sie mich an, um es zu entrümpeln.

„War es ein guter Fang?"

„Sicher. Eine Königsgarnitur hatte sie zwar nicht, dafür aber einige nette Kleinigkeiten, und zwar sehr interessante!"

„Etwa antike Bügeleisen und Webstühle?", fragte Reba mit gespielter Naivität.

„Ja, Bügeleisen und eine alte Nähmaschine waren auch dabei. In der Nähmaschine fand ich sogar einen recht seltenen Orden. Aber das ist natürlich nur Kleinkram. Auf dem Dachboden waren noch einige sehr antike Dinge." Er kniff schlau die Augen zusammen. „Kommen Sie einfach vorbei, dann zeige ich Ihnen alles."

„Bis zum Frühling werde ich wahrscheinlich nicht in Ihre Stadt kommen, und dann werden Sie sicher alles verkauft haben."

„Für Sie werde ich die interessantesten Sachen aufheben, das verspreche ich Ihnen!"

Das Semester begann wie immer täuschend gemütlich. Dozenten und Studenten waren gleichermaßen friedlich gestimmt, Feinde hatten sich versöhnt, alte Wunden waren geheilt. Allmählich waren auch bei Hahn Tok die Ringe unter den Augen verschwunden, von den „Kriegsverletzungen“ waren nur noch kaum merkliche Spuren geblieben. Im Dekanat wurde er dann nur sanft gerügt. Es stellte sich heraus, dass ältere Studenten die Rauferei angefangen hatten und Tok erst ganz zum Schluss hineingeraten war. Beim Kampf für die Gerechtigkeit hatte er dann auch ein paar Ohrfeigen abbekommen.

Und zu alledem kam hinzu, dass, wenn auch noch zaghaft, der Frühling begann. Ein strahlend blauer Himmel überraschte alle. Die sonnigen und wolkenlosen Tage hielten sich. Unbemerkt waren ein paar Schneeglöckchen aufgeblüht. Die Krokusse kamen aus ihrem Versteck. Bis zu den nächsten Prüfungen war es noch lange hin.

An so einem Tag schlug Reba Tok vor, in das Nachbarstädtchen zu fahren. Mit einem Mal wollte sie nun unbedingt sehen, was der Besitzer des Antiquariats da bloß entdeckt hatte. Am Dienstagnachmittag stand diesmal nichts auf dem Stundenplan und unsere Freunde machten sich auf den Weg.

Das Geschäft lag in der Altstadt, in einer dieser engen, winkligen kopfsteingepflasterten Gassen. Das Haus besaß nur ein Schaufenster, das schmal und düster war. Sie machten mit Mühe die Tür auf, ein Glöckchen ertönte und der Antiquar eilte ihnen entgegen. Passend zu dem Städtchen war auch der Laden klein. „Klein“ war wohl nicht der richtige Ausdruck, „wie ein Puppengeschäft“ traf es schon eher. Auf keinen Fall war er für zwei Besucher gleichzeitig gedacht, sodass Tok und Reba sich wie der sprichwörtliche Brontosaurus im Porzellanladen vorkamen.

Dem Ladenbesitzer dagegen schien die Enge nichts auszumachen. Mit einem begeisterten Lächeln empfing er seine Besucher. Reba erinnerte ihn gleich daran, dass er ihr auf dem Flohmarkt versprochen hatte, einige besondere Dinge zu zeigen. Der beschwingte Hausherr besann sich nicht lange und schwor sogar, dass er vor dem Schlafengehen jedes Mal nur an dieses Versprechen gedacht hätte. Nachdem er sie noch eine Weile mit seinen Späßen unterhalten hatte, ging er in sein sogenanntes Lager, um die erworbenen Dinge zu holen. Den Anfang machten einige ganz und gar unscheinbare Stücke. Er wollte Reba weismachen, dies seien absolute Raritäten. Da er bald merkte, dass sie wenig Begeisterung zeigte, brachte er ihr noch eine Unmenge seiner „Glanzstücke“.

„Ist das alles?“, fragte Reba.

Der Antiquar stieß einen falschen Seufzer aus und sagte: „Gut, jetzt zeige ich Ihnen etwas, das wird Ihnen den Atem rauben. Nur verkaufen werde ich’s wohl noch nicht.“

„Zeigen Sie ruhig“, gestattete ihm Reba gnädig, „Vielleicht bin ich doch nicht umsonst gekommen.“

Der Ladeninhaber verschwand erneut in seinem „Lager“ und kam so lange nicht heraus, dass der arme Tok schon meinte, er werde wohl gar nicht mehr wiederkommen. Aber nachdem er ihre Geduld genügend auf die Probe gestellt hatte, erschien der Antiquar wieder. In den Händen trug er etwas, das er in Stoff eingewickelt hatte. Er legte es auf die Theke und wickelte es vorsichtig aus. Unter den Stoffschichten war noch eine Schicht aus schwarzem Papier.

Endlich kam unter dem Haufen von Verpackung etwas zum Vorschein, das sehr stark einer Drei-Liter-Flasche Sekt ähnelte, wie man sie zu Silvester verkauft. Diese Flasche sah tatsächlich recht eigenartig aus. Die Glasoberfläche schien wie geschmolzen und der Flaschenhals war seltsamerweise verschweißt.

„Testen Sie mal, wie schwer sie ist", schlug der Verkäufer vor.

Sie nahm die Flasche in die Hand.

„Besteht ihr Inhalt etwa auch aus Glas?", Reba blickte den Inhaber befremdet an.

„Das kann man nicht so genau sagen."

Er nahm die Flasche wieder und brachte eine Lampe.

„Ultraviolettes Licht, um Geldscheine zu prüfen", sagte der Verkäufer. Er schaltete die Lampe an und ließ den blauen Lichtstrahl über die Flasche wandern. Eine Zeit lang passierte nichts. Dann aber tauchte unter der Schicht des trüben, dunkelgrünen Glases ein Schwarm schwach glimmender Funken auf. Diese Sternchen wurden nach und nach heller und wechselten ihre Farbe. Plötzlich gerieten sie in Bewegung. Sie flossen zu einem Strom zusammen, der beständig seine Farbe und Helligkeit änderte. Nach einer Weile meinte Reba, eine leuchtend gemusterte Schlange zu sehen, die sich in ihren eigenen Ringen verheddert hatte und nun verzweifelt versucht, sich zu befreien. Alle starrten wie gebannt auf die Bewegungen in der Flasche. Schließlich schaltete der Antiquar die Lampe wieder aus.

Die Funkenströme flossen noch einige Zeit, dann wurden ihre Bewegungen langsamer und die Sternchen verlöschten nach und nach.

„Was ist da bloß drin?“, flüsterte Reba.

Der Besitzer lachte. „Eine Gebrauchsanweisung war nicht dabei.“

„Einfach bloß die Flasche?“

„Ja. Sie lag zusammen mit einem Haufen Gerümpel auf dem Dachboden.“

„War sie nicht verpackt?“

„Natürlich nicht. Sie steckte sogar einfach in der Erde. Also die, die sich in alten Häusern über dem Verputz befindet.“

„Leuchtet sie eigentlich nur bei ultraviolettem Licht?“, fragte Tok, der sich bis dahin im Hintergrund gehalten hatte.

„Diese Fünkchen hab ich schon auf dem Dachboden bemerkt, als ein Sonnenstrahl durch eine Ritze darauf fiel. Bei künstlichem Licht passierte allerdings nichts. Und da hab ich mir eben gedacht, ich probiere es mit ultraviolettem Licht.“

„Und wie viel verlangen Sie dafür?“, fragte Henne Reba.

„Wie ich schon gesagt habe, verkaufe ich dieses Fundstück nicht. So etwas findet sich in keinem einzigen Katalog!“

„Ich glaube, es wäre gut, wenn wir dieses Ding Professor Gas zeigen“, sagte Tok.

„Genau! Außer Professor Gas wird Ihnen

niemand etwas Vernünftiges sagen können."

„Ist er denn ein Antiquitäten-Experte?", fragte der Inhaber misstrauisch.

„Nein, das nicht. Sein Fachgebiet ist die Mineralogie und Kristallografie. Aber für Sie wird er eine völlig kostenlose und hochqualifizierte Expertise auf höchstem wissenschaftlichem und technischem Niveau durchführen!"

Der Antiquar wirkte unschlüssig.

„Irgendwie ist es mir unangenehm, so eine möglicherweise sehr wertvolle Sache wegzugeben", sagte er nach einigem Zögern. „Wenn ihr vielleicht ein Pfand dalassen könntet..."

Henne Reba und Hahn Tok schauten sich an. Daraufhin nahm Reba einen kostbaren Anhänger vom Hals.

„Geht das als Pfand? Es ist zwar keine Antiquität, dafür aber aus echtem Gold!"

Der Ladenbesitzer nahm den Anhänger, schätze mit der Hand sein Gewicht, holte eine kleine Schachtel, in die er den Anhänger legte, und beschriftete sie. Dann trat er zu einem Gemälde an der Wand, schob es zur Seite und öffnete den in der Wand installierten Miniatursafe. In diesen legte er die Schachtel, schloss ihn ab und brachte das Gemälde wieder in seine Ausgangsposition. Nun widmete er sich der Flasche, die er sorgfältig in das schwarze Papier und die Stoffstücke wickelte. Schließlich legte er das Ganze in eine Plastiktasche, die er Reba überreichte.

„Wann wird der Professor fertig sein?"

„Morgen werde ich unverzüglich zu ihm gehen und Ihnen dann gleich Bescheid geben können", sagte Reba würdevoll.

„Passen Sie bitte auf und machen Sie es mir nicht kaputt!", rief ihnen der Inhaber des Antiquariats nach, als sie in Richtung Tür gingen.

Tok saß neben der uralten Radiostation des Professors und versuchte, diesem antiken Empfänger etwas Interessantes zu entlocken. Währenddessen studierten Professor Gas und Henne Reba ihre Ergebnisse aus dem Universitätslabor.

„Schau nur, was für einen dicken Boden diese Flasche hat! Und was für eine komplizierte, seltsame Form! Und die Wände erst! Als ob sie mit irgendetwas verstärkt wären!", staunte der Professor beim Betrachten der Aufnahmen aus dem Ultraschallgerät.

„Ist das Glas dieser Flasche eigentlich kristallin oder amorph?", fragte Reba.

„Amorph natürlich", antwortete Professor Gas, „wie soll es denn sonst sein?" Er nahm aber gleich sein Feldmikroskop zur Hand und untersuchte die glattgeschliffene Oberfläche des Flaschenbodens.

„Jetzt verstehe ich gar nichts!", sagte er schließlich. „Ich rufe mal beim Lehrstuhl für Chemie an, vielleicht haben sie die qualitative Analyse schon abgeschlossen. Schade, dass wir nicht so viel abschleifen können, wie wir für eine quantitative Auswertung brauchen."

Er rief an und notierte eifrig, was ihm gesagt wurde.

„Schau, was sie da herausgefunden haben, Reba!

Nach diesem Ergebnis würde ich mich kaum wundern, wenn man mir sagen würde, dass diese Flasche als ein einziger Monokristall gezüchtet wurde.“

Tok, auf den keiner Acht gab, hatte nun genug von seiner Suche in den Radiowellen und fing an, mit dem Morsegerät, das an dem Regal unterhalb des Radiotischs befestigt war, Piepstöne zu erzeugen.

„Lass uns noch einen Versuch mit dem ultravioletten Licht machen und das Ergebnis dann aufnehmen“, schlug der Professor Reba vor.

„Professor Gas,“, rief Tok, „können Sie das Morsealphabet noch?“

„Ich glaube schon“, antwortete Gas, während er die Lampe holte.

„Können Sie es mir zeigen?“

„Warte einen Moment, Tok, ich komme gleich zu dir.“

Zusammen mit Reba stellte er die Lampe ein und ging zu Tok.

„Tonalen Generator einschalten, Antennenkontur ausschalten, um den Radiowellenraum nicht zu stören“, brummte der Professor vor sich hin, „Finger ausschütteln.“

Langsam begann er die Morsezeichen durchzugeben: M-O-R-S-E-A-L-P-H-A-B-E-T.

„Was haben Sie denn da geklopft?“, wollte Tok wissen.

„Morsealphabet.“

„Könnten sie ‚Tok‘ auf Morse klopfen?“, bat Tok.

„Bitte sehr.“

„Professor Gas!“, schrie Reba auf, „Schauen Sie nur, was da passiert!“

Tok und Professor Gas liefen zu ihr hin, wobei sie einen Stuhl umwarfen.

„Was!? Wo!?“, riefen sie im Chor.

„Wenn Sie die Morsezeichen durchgeben, dann leuchten die Fünkchen in der Flasche greller, und zwar im Takt Ihrer Morsezeichen!“

„Tok, gib mal ein paar Morsezeichen durch“, bat Professor Gas.

Tok machte sich sofort ans Werk und klopfte

drauf los: tak-tak-tak. Henne Reba und der Professor mussten jetzt schnell handeln. Während die winzigen Feuerfunken in Toks Takt blinkten, näherten sie abwechselnd die Lampe an die Flasche und entfernten sie wieder. Schließlich stellten sie zwei Lampen auf. Der arme Tok war schon ganz müde vom Klopfen, als die Sternchen ihre Tätigkeit einstellten.

„Was ist bloß passiert?“, fragte Professor Gas ungläubig. Er ging zur Radiostation, um alle Verbindungen zu überprüfen. „Klopf noch mal, Tok.“

Aber die Fünkchen reagierten nicht mehr auf Toks Geklopfe.

„Seltsam“, sagte Gas, der die Skalen der Instrumente studierte. Dann setzte er sich selbst ans Morsegerät und fing an, Buchstaben und Ziffern zu morsen. Nach fünf Minuten war er schon dabei, einen ganzen Text mit Bedeutung durchzugeben. Plötzlich flackerten und flimmerten die Fünkchen zum Takt seiner geklopften Zeichen wieder auf.

„Tok! Versuch mal, Ziffern zu morsen“, schlug der Professor vor, „ich zeige dir, wie es geht. Zum Beispiel die Zwei: Zwei Mal kurz, drei Mal lang. Klopf sie zu einer Melodie, so haben wir’s in der Radioschule gelernt.“

Professor Gas sang: „Zwieback schmeeeckt seeehr guuut.“

Tok probierte es.

„Und jetzt die Drei: Ti–ti–ti–taaa–taaa, drei ist zu wenig, driiittes Stüüück Braaatwurst.

Und die Vier: Ti–ti–ti–ti–ti, vierzig Jahre aaalt. Klopf diese drei Zahlen.“

Die Flasche reagierte auf Toks Zeichen.

„Wisst ihr, was ich denke?“, sagte Professor Gas geheimnisvoll. „Das ist ein Computer aus dem Altertum, der von einer ausgestorbenen Rasse gebaut wurde! Reba, ruf bitte morgen den Antiquar an, vielleicht verkauft er sein Relikt doch noch. Aber erzähl ihm fürs Erste nicht, was wir herausgefunden haben.“

Auch nachdem Tok und Reba gingen, versuchte der Professor noch lange, den „Computer des Altertums“ mit Informationen zu füttern.

Rebas Verhandlungen mit dem Besitzer der Flasche waren erfolglos. Der Antiquar lehnte es nicht nur entschieden ab, die Flasche zu verkaufen, mehr noch, er verlangte, dass man sie ihm zurück gebe, und zwar auf der Stelle.

Natürlich verdross diese Reaktion den Professor sehr. Aber wie war dieser starköpfige Eigentümer von dem Wert dieses Gegenstandes für die Wissenschaft zu überzeugen? Es war nichts zu machen. Und so fuhren Reba und Tok zum Antiquar, um ihm diesen „Computer des Altertums“ zurückzubringen. Sie nahmen ihm das Versprechen ab, dass, sollte er sich doch noch anders entscheiden und die Flasche verkaufen wollen, sie die bevorzugten Verhandlungspartner wären.

Eine Woche verging. Reba vertiefte sich ins Studium, Tok trieb sich irgendwo herum und Professor Gas verzagte, weil ihm jetzt erst allerlei Methoden einfielen, wie man noch auf die „magische Flasche“ hätte einwirken können.

Am Dienstagabend rief der Inhaber des Antiquariats bei Reba an und teilte ihr mit, dass die Flasche Signale aussende.

Kaum eine Stunde später waren Professor Gas und seine Studenten im Nachbarstädtchen. Der beunruhigte Geschäftsinhaber erwartete sie schon.

„Sie hat wieder aufgehört!“, ließ er sie in einem tragischen Flüsterton wissen, kaum, dass sie angekommen waren.

„Das ist schade. Aber wie ist es eigentlich passiert, warum hat sie auf einmal Signale gesendet?“, fragte der Professor.

„Nun, das war so: Ich wollte sie mit einer UV-Lampe bestrahlen. Ich dachte, die Flasche würde davon heller leuchten, das Licht solch einer UV-Lampe ist ja viel stärker als das einer schwächlichen Geldscheinprüflampe.“

„Tja... Sie haben nicht sehr vernünftig gehandelt“, sagte Professor Gas überzeugt. „Die Sache verhält sich ziemlich ernst. Das hier ist ein sehr ungewöhnliches Artefakt unbekannten Ursprungs. Man muss sie in die Hände einer staatlichen Einrichtung zwecks gründlicher Untersuchung geben. Mindestens in die unseres Universitätslabors.“

Das leuchtete dem Antiquar ein und er willigte ein, Professor Gas die Flasche für einige Zeit zu überlassen.

Am nächsten Tag besorgte Tok für sich und Reba Essen für den langen Abend. Der Proviant bestand aus einer Unmenge von Krapfen, die er während der großen

Pause in der Mensa erstanden hatte. Damit gewappnet gingen sie nach den Vorlesungen zum Labor des Lehrstuhls für Mineralogie und Kristallografie.

Der Professor hatte bereits seine vorsintflutliche Radiostation in Stellung gebracht, auch die UV-Lampe war anwesend, die ihnen der großzügig gewordene Besitzer des Antiquariats für die Dauer der Nutzung ausgeliehen hatte.

Tok und Reba zogen sich weiße Kittel über und halfen dem Professor, wobei sie sich gelegentlich in die Quere kamen.

Professor Gas stellte die Radiostation ein und schaltete die UV-Lampe an. Alle verharrten mit vor Spannung langgestreckten Hälsen. Die „magische Flasche" begann unter der gewaltigen Flut ultravioletter Strahlen ihr gewohntes Spiel.

Hinter dem dicken, trüben Glas vollführten die Funkenströme wieder ihre gewohnten Verschlingungen. Bald wurden ihre Windungen schneller und schneller und mit einem Mal blitzten in deutlichen Abständen helle Strahlen über die ganze Länge des Stromes.

„Drei Mal kurz, drei Mal lang, drei Mal kurz", brummte Professor Gas, „das Signal für SOS. Er schaltete die große UV-Lampe ab und nahm wieder die kleine Lampe zur Hand.

„Ich versuche jetzt, etwas zu antworten." Er setzte sich an seine Radiostation und begann zu morsen. Darauf schaltete er wieder die UV-Lampe an. Die Flasche antwortete mit grellen Blitzen.

„Aha!", rief der Professor. „Jetzt heißt es nicht mehr SOS! Jetzt lautet die Botschaft CQ: An Alle! An

Alle! Ich versuche Mal, im Q-Code mit ihr zu kommunizieren."

Professor Gas morste zuerst etwas an die Flasche, schrieb deren Antwort auf, lief dann wieder zur Radiostation, antwortete und schrieb aufs Neue die Lichtsignale auf.

Von diesem Herumlaufen ganz außer Atem gekommen, verkündete er schließlich Reba und Tok: „Das war alles für heute. Die Flasche bittet uns, dass wir ihr auf die Unterseite etwas Germanium geben und die schwächere Lampe benutzen."

Professor Gas begann sofort, alle Schränke zu durchsuchen. Schließlich fand er einen alten Radioempfänger, den er augenblicklich zerlegte. Die Dioden aus Germanium zerrieb er in einem Mörser, vermischte den Germaniumstaub mit irgendeiner Schmiere und rieb die so erzeugte Salbe auf den Unterboden der Flasche.

Eine ganze Woche lang hörte man nichts vom Professor. Ausgerechnet in dieser Woche hatte er keine einzige Vorlesung zu halten oder ein praktisches Seminar zu führen. Schon mehrere Male hatte der Antiquar bei Reba angerufen, aber auf Rebas Empfehlung, selbst mit dem Professor zu telefonieren, kam jedes Mal nur ein unverständliches Brummen vom anderen Ende der Leitung.

Endlich kam aber während der großen Pause eine Laborantin aus dem Mineralogischen Labor auf Reba zu und übermittelte ihr die Bitte des Professors, nach den Vorlesungen zu ihm zu kommen.

Im Labor war schon alles vorbereitet. Die

Flasche wurde von einer großen UV-Lampe bestrahlt. Die Anzeige der Radiostation leuchtete grün.

In der Ecke saß empört und verlegen der Inhaber des Antiquariats. Nachdem sich alle gesetzt hatten, nahm der Professor die Brille ab. Wie im Vorlesungssaal ging er hin und her und verkündete:

„Nun, liebe Freunde! Heute werdet ihr Zeuge eines Gesprächs mit dem Vertreter einer intelligenten außerirdischen Rasse. In der vergangenen Woche ist es diesem vernunftbegabten Wesen, das sich hier in diesem Gefäß befindet, mit Hilfe zugegebenen Elemente gelungen, gewisse Strukturen zu erzeugen, die unseren tonalen Generatoren entsprechen. Dies wird es uns jetzt ermöglichen, mit ihm in unserer gesprochenen Sprache zu kommunizieren. Er bot uns unter Vorbehalt an, ihn Lük zu nennen, Kapitän Lük.

Hallo, Kapitän Lük! Können Sie mich hören?“, sprach der Professor in das Mikrofon der Radiostation.

„Ich höre Sie!“, erschallte aus dem Lautsprecher eine künstliche, singend-pfeifende Stimme, der eines Kanarienvogels nicht unähnlich.

„Setzen Sie bitte meine Freunde von ihrer Geschichte in Kenntnis. Erzählen Sie über sich, oder viel mehr, wie Sie in dieses ungewöhnliche Gefäß gelangt sind.“

„So sei es“, sang die künstliche Stimme. „Ich bin ein Plasmoid, Bewohner des mächtigen Sonnensystems. Dieses Staates Grenzen erstrecken sich von der stürmischen Chromosphäre unseres Heimatsterns bis zu der unbewohnten Kometensammlung der Oort’schen Wolke. Wir sind Plasmoiden, die mächtige vernunftbegabte Zivilisation des kosmischen Raumes, Kinder der elektromagnetischen Felder und harten Strahlen!“

„Bleib mal auf dem Boden“, brummte Tok leise.

„Geboren und aufgewachsen bin ich außerhalb der Ionosphäre der Erde“, fuhr der Gefangene der Flasche fort. „Meine Schulzeit verbrachte ich im Internat auf Jupiter, wonach ich der Polizeiakademie beitrat. Nach erfolgreichem Abschluss wurde ich einer Gruppe zur Bekämpfung des Verbrechens zugeteilt. Viele Jahre war unsere Gruppe eine Bedrohung für den ganzen Abschaum des Sonnensystems. Mit der Zeit stieg ich in den Rang auf, der nach Worten des werten Professor Gas bei euch dem eines Kapitäns entspricht. Der Dienst in unserer Gruppe war schwer und gefährlich. Viele Male versuchte man mich zu neutralisieren, durch Bestechung, Mordversuche oder Rufschädigung. Ich musste immer wachsam sein. Aber die Verbrecher gaben nicht auf und erlangten Beziehungen zu den höchsten Kreisen.

Und dann kam es zu einer Kampfhandlung im Gebiet des äußeren Asteroidengürtels. Die Verräter, die sich unter dem Deckmantel loyaler, wohlgesinnter Bürokraten versteckt hatten, gaben die Pläne unseres Angriffes an eine Verbrecherorganisation weiter und so gerieten wir in einen Hinterhalt. Lange quälten sie meine Gefährten und ließen sie, nachdem sie ihnen sämtliche Energie abgezapft hatten, im Orbit eines von Eis bedeckten Planetoiden des Asteroidengürtels zurück, damit sie dort einen langsamen und qualvollen Tod sterben. Lange überlegten die Schurken, welche besondere Qual sie mir zu Teil werden lassen sollten. Aus dem kalten Stein eines der finstersten Asteroiden schufen sie dieses Gefäß, das ihr „Flasche“ nennt. Hinterhältige, drehende Magnete erzeugten die unzerstörbaren Gitter des Gefängnisses, in welches sie mich einkerkerten. Dann warfen sie mich in die wild tobende Atmosphäre des Planeten, welchen ihr Erde nennt, damit es niemand wagt, mich zu befreien. Kein Vertreter der plasmoidischen Zivilisation ist in der Lage, lebend durch die magnetische Hülle dieses Planeten zu gelangen. In dem durch Reibung zu Glut erhitzten Gefäß fiel ich einem Meteoriten gleich durch die tobende Stratosphäre. Die magnetischen Gitter meines Kerkers bewahrten mich vor dem zerstörerischen Gift der Ionosphäre, doch das Material des Gefäßes erhitzte sich zunehmend. Voller Furcht erwartete ich den Moment, in dem es in kleine Stücke zerbersten würde. Ich konnte den Gedanken an den furchtbaren Tod durch diese aggressive und giftige Substanz, welche ihr Luft nennt, nicht ertragen. Doch mein Schicksal hatte andere Pläne mit mir. Glücklicherweise fiel mein Kerker in ein gigantisches Wolkenmassiv mit mächtigen Turbulenzen und Blitzen. Sogleich wurde ich von gierigen räuberischen Kreaturen umgeben, die ihr Kugelblitze nennt. Trotz meiner magnetischen Gitter gelang es mir, diese stumpfsinnigen Bestien meinem Verstand zu unterwerfen und sie dazu zu bringen, das Fallen meines schon schmelzenden Gefängnisses abzubremsen.

Mit einer relativ gefahrlosen Geschwindigkeit sauste dieses dreimal verfluchte Gefäß in das Dach eines Hauses, das gerade gebaut wurde, und blieb knapp über der Decke stecken. Das Dach wurde bald fertiggestellt und ich blieb unbemerkt in meinem Kerker. Über hundert Jahre schmachtete ich in diesem Gefäß, hungrig und verzweifelt. Manchmal fielen Krümel elektromagnetischer Energie für mich ab, die von Blitzen kamen. Ich starb nicht, doch von Leben konnte auch nicht die Rede sein. Eines Tages tauchte in der Nähe meines Gefängnisses eine Quelle von Wechselenergie auf."

„Das Haus wurde ans Stromnetz angeschlossen", übersetzte Professor Gas.

„Ich leckte die Krümel von Energie auf, die für mich abfielen. Später kam noch eine weitere Energiequelle hinzu, recht schwach, aber mit vertrackten Amplitudenwechseln."

„Vom Radio", erklärte der Professor.

„Genau. Ich erriet bald, dass es sich um Informationsübertragung handeln musste. Zeit hatte ich mehr als genug, und so unternahm ich den Versuch, diese Informationen zu entschlüsseln. Zunächst gelang mir nichts. Aus Mangel an Beschäftigung ließ ich aus dem unzulänglichen Material meiner Wände eine Schwingungskontur entstehen und empfing darüber Radiowellen, die gehaltvollere Informationen enthalten sollten. Das war jedoch vergeblich, ich konnte sie einfach nicht entschlüsseln. Doch eines Tages stieß ich auf eine vereinfachte elektromagnetische Sprache, das, was ihr das Morsealphabet nennt. Und ich schaffte es, sie zu entschlüsseln. Die Mitteilungen, die mittels des sogenannten Q-Codes gewechselt wurden, verstand ich nun. Die zufällig ausgestrahlten Übungen einer Radioschule gaben mir den Schlüssel zur Entzifferung modulierter Signale. Zeit war für mich im Überfluss vorhanden und ich eignete mir nach und nach euere Sprache an. Natürlich sind mir manche Dinge bis jetzt unverständlich geblieben, aber es gelang mir dennoch, die Zusammenhänge zu konstruieren. Währenddessen verging die Zeit. Und endlich hatte das Schicksal Erbarmen mit mir. Ihr fandet mein Gefängnis, gabt mir Germanium zu essen und Strahlenenergie zu trinken, und so konnte in Kontakt mit euch treten.“

Professor Gas erhob sich von seinem Stuhl und wandte sich an die anderen: „Also, meine Freunde, nun kennen wir Kapitän Lüks Geschichte. Hat jemand eine Meinung zu der Zwangslage, in die unser plasmoider Freund gekommen ist? Was sagen Sie, verehrter Antiquar?“

„Ich kann mir denken, was Sie von mir hören möchten, verehrter Professor. Ich habe nicht vor, der Gefängniswärter des edlen Kapitäns zu sein.“

„Ausgezeichnet“, entgegnete der Professor. „Wenn noch jemand Fragen hat, soll er sie stellen, bevor wir zu der eigentlichen, entscheidenden Frage kommen, wegen der wir uns überhaupt erst hier versammelt haben.“

Während alle noch überlegten, was man fragen könnte, war Reba zum Mikrofon gesprungen.

„Kapitän Lük, verzeihen Sie die vielleicht etwas taktlose Frage, aber sind Sie ein Hahn oder eine Henne?“

„Reba!“, schien der vorwurfsvolle Blick des Professors sagen zu wollen.

„Hmm“, kam es aus den Lautsprechern, „es ist schwierig zu sagen, wer ich nach euren Vorstellungen sein könnte. Wenn man davon ausgeht, dass ich dazu in der Lage bin, ein anderes Wesen meiner Spezies zur Welt zu bringen, dann muss man mich aus eurer Sicht wohl zum weiblichen Geschlecht zählen. Andererseits... Bei uns gibt es solche Einteilungen in Geschlechter nicht. Alles hängt von der Menge der angesammelten Energie ab, vom Abstand zur Sonne, den Informationsmustern, ob genügend notwendige Elemente vorhanden sind, die man auf seinem Flug im Orbit sammeln konnte...“

Eine Weile traute sich niemand, etwas zu sagen.

„Verehrter Kapitän“, unterbrach Tok die betretene Stille, „Sie sind, wenn ich richtig verstanden habe, ein Gaswesen. Wie Sie sich fortbewegen, kann ich mir noch vorstellen. Aber was dient Ihnen als Arme? Ich verstehe nicht, wie Ihre ebenso gasförmigen Feinde es geschafft haben, Sie zu fangen, eine so massive Flasche herzustellen und Sie in diese zu stecken.“

„Du irrst dich, Tok, wenn du uns für eure Wolken aus aggressivem Gas hältst. Nein, wir bestehen aus Plasma, aus ungeladenem, kaltem Plasma, welches von magnetischen Torsionsfeldern durchdrungen ist. Unser Blut besteht aus Photonenströmen und unsere Organe aus geladenen Ionen. Wir haben keine bestimmte Form und Gestalt, wir können uns über hunderte von Kilometern ausstrecken, aber auch zusammengepresst und in so eine Flasche gesteckt werden. Mit Hilfe elektromagnetischer Felder können wir jedes beliebige Atom dazu bringen, eine bestimmte Stelle einzunehmen. Meine Feinde züchteten diese Flasche aus Atomen, die sie auf die entsprechenden Positionen eines Magnetfeldes lenkten. Genauso konnte ich nun das elektronische Organ für meine Stimme formen, mit der ich nun mit euch spreche. Mit Hilfe elektromagnetischer Felder wurde mein Körper kleingedreht. Hinterlistig angeordnete Magnete halten mich in meiner Gefangenschaft.“

„Ich möchte auch eine Frage stellen, sie betrifft die kristallinen Strukturen dieses Gefäßes.“ Professor Gas erhob sich von seinem Platz. „Es ist eine recht fachspezifische Frage und wir können sie mit Kapitän Lük auch später besprechen, denn ich möchte eure Zeit nicht unnötig beanspruchen. Und jetzt, meine Freunde, wollen wir zu der allerwichtigsten Frage kommen: Wie können wir dem Kapitän helfen? Verehrter Lük, erzählen Sie, was passieren würde, wenn man die Flasche hier öffnet."

„Dann hätten meine Feinde ihr Ziel erreicht. Ich würde sterben. Mein Körper besitzt nicht die Widerstandskraft euerer Kugelblitze, obwohl ihre Lebensdauer hier auch nicht groß ist. Wir, die Kinder des Vakuums, haben in der Erdatmosphäre gar keine Überlebenschancen. Selbst wenn ich so viel Energie wie ein Kugelblitz hätte, könnte ich doch nicht die Ionosphäre durchbrechen. Sie würde mich unbarmherzig zur Erde zurückstoßen, wo ich wie ein Gummiball zwischen Erde und Ionosphäre hin- und herspringen würde. Dabei würde ich immer mehr meine Energie verlieren und schließlich explo..."

„Man muss Sie also über die Grenze der Ionosphäre bringen und dort dann die Flasche öffnen!", rief Tok.

„Ich habe diese Idee schon lange erwogen", seufzte Professor Gas. Aber wie bringen wir das fertig? Bis jetzt lassen wir nur meteorologische Raketen steigen."

„Und wenn man das auf einem der Pole versuchen würde, dort, wo sich die magnetischen Linien treffen und aufheben?", fragte Henne Reba.

„Das ist eine gute Idee", stimmte Professor Gas zu. „Auf dem Pol könnte man mit einem einfachen meteorologischen Aerostaten auskommen." Er blätterte seine Notizen durch. „Zudem schickt unsere Akademie im Frühling eine Expedition dorthin."

Eine Woche nach Aufbruch des Professors zum Pol bekam Reba ein Telegramm:

„Alles gut verlaufen. Hört am 15. April um 20:30 Uhr auf Welle 31,6 nach Morsezeichen. Professor Gas“

In der Pause fing Reba Tok ab und zeigte ihm das Telegramm.

„Hast du das Morsealphabet inzwischen gelernt?“, fragte sie den Hahn.

„Wenn sie es langsam durchgeben“, erwiderte er beschämt, „dann schreibe ich die kurzen und langen Zeichen auf und entziffere es schließlich mit der Tabelle. Und wenn schnell... Na, dann erfahren wir alles vom Professor, wenn er zurückkommt.“

Schließlich kam er, der 15. April. Reba fuhr zu Tok, der gerade seinen supermodernen Empfänger einstellte. Genau um halb neun auf der Wellenlänge 31,6 hörten sie wiederholt das Signal CQ. Dann kamen langsam die Morsezeichen, die Tok auf sein Papier notierte. Nach einer kurzen Pause ertönte wieder das Signal CQ und wieder kamen Morsezeichen. Nach der dritten Wiederholung holte Tok die Tabelle heraus, die er immer noch nicht auswendig gelernt hatte. Über seine Krakel schrieb er nun Buchstaben und las schließlich vor:

„CQ. An Professor Gas, Henne Reba und Hahn Tok. Danke für alles. Euer Kapitän Lük.“

„Hurra!“, riefen unsere Freunde im Chor. Sie freuten sich nicht nur über die glückliche Rettung ihres plasmoiden Freundes, sondern auch darüber, dass sie es geschafft hatten, seine Botschaft zu entziffern, so wie es die echten Funker vor langer Zeit getan hatten.

Toks Geschenk

Wer glaubt, er wisse alles über den Frühling, der hat noch nicht in Großvaters Lieblingsbuch „Unser Garten“ hineingesehen: „Frühling: Bei vielen Pflanzen setzt das Blühen ein. Mit dem Einsetzen der aktiven Vegetation bei fruchttragenden Pflanzen wächst auch die Sorge des Gärtners. Die Erde unter den Büschen muss gelockert und der notwendige Dünger eingebracht werden. Schutzmaßnahmen gegen Schädlinge und Pflanzenkrankheiten sind nun notwendig. Während der Frostperiode überdeckt man die Erdbeeren mit einer Folie. Man jätet das Unkraut und bedeckt die Erde mit Mulch.“ Die armen Gärtner!

Für Hahn Tok bedeutet Frühling vor allem eins – Henne Reba hat bald Geburtstag. Da ist es natürlich gut, dass ihr Geburtstag in den Hochfrühling fällt. Kauf einen Strauß Tulpen – schon hast du ein prima Geschenk! Und nicht mal kaufen muss man ihn. Man braucht nur dort durchzuschlüpfen, wo die Achtsamkeit oder der Fleiß des Gärtners nachgelassen hat, und die Tulpen abschneiden – Hauptsache, viele!

Aber dieses Mal beschloss Tok, sich nicht auf Tulpen zu beschränken. Dieses Mal wollte er Reba etwas Wertvolles kaufen. Am besten etwas von dem, was sie mag, z. B. irgendeine antiquarische Sache, eine Uhr etwa. Und warum denn keine Uhr? Sie ticken so schön!

Von diesem weisen Gedanken beflügelt ging Tok zum Antiquariat. Tok erinnerte sich, dass sich ein Antiquariat früher woanders befand, in einem kleinen Anbau neben einem baufälligen Haus. Das Haus wurde mitsamt dem Anbau abgerissen und der arme Antiquar musste mit seiner Ware umziehen. Eine Weile später eröffnete ein anderer verrückter Liebhaber alten Plunders einen Laden. Er mietete ein schon lange leerstehendes Gebäude. Auf der Eingangstür stand nun „Malerei und Antiquitäten“.

Tok blieb vor einem Schaufenster stehen und begann, sich den „alten Kram“ anzuschauen. Natürlich gab es hier Uhren. Aber erstens sahen sie sehr betagt aus, und dann die Preise... Vielleicht sind das ja gar keine Preise, sondern ihr Herstellungsdatum?! Den Laden zu betreten traute Tok sich erst gar nicht.

Der Verkäufer kam gleich zu ihm. „Kann ich Ihnen helfen? Suchen Sie etwas bestimmtes?“, fragte er durch das Glas. Mit diesen Meistern des Feilschens wollte Tok sich nicht anlegen.

In seiner Unentschlossenheit trat er von einem Bein auf das andere. Da aber huschte zu seinem Glück ein junges Pärchen in das Geschäft. „Das ist die Gelegenheit! Jetzt wird sich der Inhaber um die beiden kümmern und ich kann mir in Ruhe seine Antiquitäten ansehen!“ Tok öffnete ruckartig die Tür und trat in das Reich des alten Trödelkrams ein.

Während der Ladeninhaber also mit dem wählerischen Pärchen beschäftigt war, betrachtete Tok in Ruhe die Uhren. In ihrem gebrechlichen Zustand riefen sie bei ihm allerdings eher Mitleid als einen Kaufwunsch hervor. Endlich entschied er sich für eine. Es war eine nicht besonders große, aber was noch viel wichtiger war, eine nicht besonders teure Tischuhr. Sie hatte ein Holzgehäuse mit lauter kleinen Zapfen und ähnlichem Krimskrams. Das Zifferblatt war aus Messing und auch wenn die Uhr eine falsche Zeit anzeigte, das Wichtigste war doch, dass sie tickte! Kurzum, sie würde Reba schon gefallen! Als das Pärchen den Laden wieder verließ (natürlich ohne etwas gekauft zu haben), nahm Tok seinen Mut zusammen und bat den Besitzer, ihm die Uhr zu zeigen. Tok verhandelte schüchtern und der Antiquar, der sofort verstanden hatte, mit wem er es zu tun hatte, senkte den Preis großzügig um einen Fünfer.

Sich verfluchend, dass er dem Antiquar nicht von Anfang an die Hälfte des Preises angeboten und anständig verhandelt hatte, trug Tok mit hängendem Kopf das tickende Ungetüm unter dem Arm nach Hause.

Rebas Geburtstag fiel in eine ganz hektische Zeit: Bald würde der Abgabetermin für die Prüfungsarbeiten kommen und damit die Faulpelze erwachen, die versuchen würden, ihre noch nicht erledigten Arbeiten auf den letzten Drücker abzugeben. Dann wird es unheimlich schwer werden, mit der eigenen Arbeit zum Professor durchzudringen. Reba bemühte sich aus aller Kraft, vor dieser Aufregung fertig zu werden.

Erst am Abend fiel ihr ein, dass sie Geburtstag hatte. Auf dem Heimweg kaufte sie Pralinen und Plätzchen. Oma und Opa hatten ihren Geburtstag ganz sicher nicht vergessen. Und Tok würde wieder seine traditionellen Tulpen bringen.

Zu Hause wurde sie natürlich schon erwartet. Oma hatte ihr eine Torte gebacken und überreichte ihr die Geschenke, lauter warme und nützliche Sachen. Und Tok kam auch. Er trug einen großen Tulpenstrauß vor sich und hinter seinem Rücken schien er noch etwas zu verstecken.

„Reba!“ begann er gleich, kaum dass er eingetreten war, „Alles Gute zum Geburtstag!“

Etwas anderes fügte er nicht mehr hinzu, sondern verbeugte sich galant, überreichte ihr den Blumenstrauß und schließlich auch die Schachtel, die er hinter seinem Rücken versteckt hatte.

„Vielen Dank, Tok! Komm doch herein!“

Traditionell muss man die Schachtel mit dem Geschenk gleich öffnen, wenn man höflich sein möchte.

„Das ist ja was!“, dachte Reba. „Tok hat eine Antiquität gekauft! Hmm... Was soll ich jetzt mit dieser sogenannten Antiquität anfangen?“ Henne Reba hatte sofort gemerkt, dass es bloßer Kitsch war, dreißig Jahre alte Massenware. Auf dem Flohmarkt hätte man dafür höchstens einen Fünfer rausschlagen können. Und Tok hatte wahrscheinlich eine riesige Summe dafür verpulvert! Aber ein Geschenk ist ein Geschenk und man muss wenigstens so tun, als ob man sich darüber freut.

Der nächste Tag war auch nicht einfacher, aber Reba konnte trotzdem viele ihrer Angelegenheiten erledigen. Dann half sie noch Tok, blieb länger als geplant im Labor bei Professor Gas und kam erst abends wieder heim. Nach dem Abendessen klemmte sie sich hinter ihre Lehrbücher und legte sie erst zur Seite, als es schon ganz dunkel geworden war.

Da fiel ihr Blick zufällig auf die Uhr. Die Begeisterung hielt sich in Grenzen. Sie betrachtete sie lange, aber lieber wurde sie ihr dadurch nicht. Doch da schien sie ein Teufelchen zu piksen. Wenn dieses Machwerk schon hier stehen musste, und das musste es, für die nächste Zeit jedenfalls, bis Tok sein Geschenk selbst vergessen hatte, sollte es wenigstens zu irgendwas gut sein. Reba beschloss, an diesem unsinnigen Ding die Kunst des Restaurierens zu üben. Sie ging nach unten zu Großvaters Werkzeugzimmer und holte sich Beize, Lack und ein Reinigungsmittel für Messing.

Behutsam nahm sie das Glas ab. Mit dem stinkenden Messingmittel rieb sie das Zifferblatt ein. Nachdem sie die vorgeschriebene Zeit abgewartet hatte, wischte sie das Mittel wieder ab. An den Stellen, an denen sie es nicht schaffte, das festgewachsene Spangrün zu entfernen, ging sie skrupellos mit dem Schleifpapier drüber. So etwas hätte sie bei einem echten Antiquariat nie gewagt.

Na also! Das Zifferblatt leuchtete wie eine prägefrische Kupfermünze.

Jetzt war das Gehäuse dran. An einer Stelle war eine der kitschigen Verzierungen in Form eines Zapfens abgefallen. Reba ersetzte sie auf der Stelle durch ein Teil, dass sie aus einem Tannenspan fertigte.

Als nächstes entfernte sie den abblätternden alten Lack, verspachtelte alles und ging mit der Beize darüber. Nun musste nur noch der Lack aufgetragen werden. Reba fügte dem Lack etwas braune Farbe hinzu, rührte um und fügte erneut etwas Farbe hinzu. Nachdem sie sich überzeugt hatte, dass das Gehäuse so aussehen würde, als wäre es aus Mahagoniholz, lackierte sie es. Es war einfach toll geworden!

„Wenn es getrocknet ist, gehe ich noch mal drüber“, dachte Reba.

Sie öffnete das Türchen an der Rückseite und strich das Innere mit dem restlichen Lack. So würde es wenigstens nicht so auffallen, aus was dieses Machwerk wirklich bestand.

Es war schon ganz schön spät, als Reba mit ihrem Projekt fertig war. Sie brachte noch schnell ihr Zimmer in Ordnung, trug die Instrumente leise nach unten und nachdem sie den Lack von ihren Händen entfernt hatte, ging sie endlich schlafen.

Am Morgen nahm sich Reba, obwohl sie sehr in

Eile war, doch ein paar Minuten Zeit, um ihre Arbeit zu begutachten. Sie würde natürlich, wie sie schon vermutet hatte, noch einmal mit einem Lack drüber gehen müssen, am besten mit einem farblosen.

Aber was war denn das? Auf dem weißen Blatt, auf das sie die Uhr gestellt hatte, um den Tisch nicht zu beschmutzen, waren Spuren! Etwas war über die frischlackiere Oberfläche gelaufen. Reba betrachtete das ganze Gehäuse, fand aber nichts. Dann machte sie das Hintertürchen auf und spähte hinein. Tatsächlich! Etwas war im Gehäuse umhergetapst, hatte dann die Tür geöffnet und war nach draußen gelaufen. Wahrscheinlich irgendein Insekt. Keine Kakerlake, die wäre ja viel zu klein und würde jetzt am Lack festkleben. Ein großer Käfer vielleicht? Wie konnte er dort hineingelangt sein? Hatte Tok ihn in der Uhr mitgebracht? Warum hatte sie ihn dann gestern Abend nicht bemerkt?

Aber die Zeit drängte, und statt sich den Kopf mit seltsamen Spuren zu zerbrechen, lief sie zur Universität.

Auch an diesem Tag kam Reba erst spät nach Hause. Nach dem Abendessen räumte sie die Uhr vom Tisch, schmiss, ohne darüber nachzudenken, das Papier mit den Spuren weg und ging an die Arbeit. In einigen Kursen hatte sie nur noch Leistungsnachweise zu erbringen, in anderen musste sie sich noch etwas anstrengen und dann wäre sie fast am Ziel!

Als sie schließlich müde von den ganzen Zahlen und Diagrammen war, erinnerte sie sich an die unselige Uhr und beschloss, die Sache zu Ende zu bringen. Sie holte Lack und Pinsel und nahm die Uhr in Angriff. Schließlich stellte sie wie am vorigen Abend die lackierte Uhr auf ein Blatt Papier, wusch sich gründlich die Hände und ging schlafen.

In der Nacht wurde sie von etwas geweckt. Im Zimmer war es noch dunkel, obwohl durch das östliche Fenster der Himmel schon heller wurde. Außer dem Ticken der Uhr störte nichts die Stille der Nacht. Aber kaum hatte Reba die Augen wieder geschlossen, hörte sie ein Rascheln und das Krächzen des Uhrentürchens. Reba machte das Licht an. Um die Uhr herum sah sie wieder Lackspuren. Die Gehäusetür war leicht geöffnet. Reba stand auf, öffnete das Türchen vollständig und lugte hinein. Niemand zu sehen... Und wer sollte da auch zu sehen sein? Hier kann man sich ja nirgends verstecken! Reba legte sich wieder hin und knipste das Licht aus.

Am nächsten Tag gab Reba ihre letzte Laborarbeit ab. Beschwingt ging sie nach Hause. Eine leichte Brise trug Frühlingsdüfte durch die stillgewordene Stadt. Zu Hause beschloss Reba, ihr Zimmer ein bisschen in Ordnung zu bringen. Beim Wegräumen der Uhr sah sie wieder die Spuren auf dem weißen Papier. Das waren schon seltsame Spuren.

„Fangen muss man das Ding!“, entschied Reba kategorisch. Sie fand in der Rumpelkammer einen kleinen Käfig, in dem sie einmal eine Grille gehalten hatte. Dann baute sie eine sehr einfache Vorrichtung, bei der die Tür zufiel, wenn jemand auf die kleine Platte trat. Eine Falle für den Käfer, der sich in der Uhr versteckt haben musste. Aber auch eine größere Kakerlake würde hier nicht glücklich werden.

Sie stellte die Falle vor der Tür des Uhrgehäuses auf. Bevor sie schlafen ging, wurde sie nachdenklich. „Weswegen sollte ein Käfer, oder wer auch immer, in den Käfig krabbeln? Man muss ihn doch mit etwas anlocken!“ Also füllte sie etwas Honig in einen Fingerhut, nahm eine halbe Praline, goss in einen Puppenteller Wasser und fügte außerdem noch Rosinen und eine getrocknete Feige hinzu. Sie verteilte alles vorsichtig im Käfig. Das war ein wunderbarer Lockköder für eine Wespe. Würde es auch einem Käfer gefallen? Statt sich weiter Sorgen über die Vorlieben eines Käfers zu machen, ging Reba ins Bett.

In der Dunkelheit wälzte sie sich längere Zeit hin und her und begann dann schließlich, Schäfchen zu zählen. Bevor die wolligen Schafe aber ihre Wirkung zeigen konnten, hörte sie das Zuschnappen der Käfigtür. Jemand war in die Falle getapst!

Vor Aufregung fand Reba den Lichtschalter nicht gleich, aber als sie schließlich das Licht eingeschaltet hatte, bot sich ihrem Blick ein unglaubliches Bild: Im Käfig flatterte verzweifelt ein großer Falter. Und noch unglaublicher – neben der Falle flog noch ein weiterer fieberhaft hin und her! Kaum war Reba vom Bett aufgesprungen, flitzte der andere Falter in das Uhrgehäuse. Reba sah vorsichtig in das Gehäuse hinein. Da war wieder niemand zu sehen! Reba schloss das Türchen fest zu und kam zur Falle zurück. Sie hob den Käfig an, um ihre Beute genau anzusehen. Der Schmetterling drückte sich an die Käfigwand und begann dünn, aber sehr durchdringend zu kreischen.

„Ein singender Schmetterling!“, staunte Reba. Nachdem sie das kreischende Geschöpf näher betrachtet hatte, begriff sie, dass das gar kein Schmetterling war. An einen Schmetterling erinnerten höchstens die Flügel. Wie bei einem Schmetterling hatte es vier halbdurchsichtige, hellgrüne Flügel mit limonenfarbenen Rändern. Das Wesen hatte vier Pfötchen, wobei die vorderen bzw.

oberen in winzigen Fingern endeten. Es hatte ganz und gar keine Facettenaugen, sondern ganz normale, dafür ein weiches, hervortretendes Näschen und einen kleinen, rosafarbenen Mund. Das Köpfchen bedeckte ein goldfarbener Flaum, ganz so wie bei einem frisch geschlüpften Küken.

Aber das Verblüffendste war, dass der falsche Falter angezogen war! Ein hellgrünes, zur Farbe ihrer Flügel passendes Röckchen und eine dunkelgrüne Bluse hatte das Geschöpf an. Und es war zu Tode verängstigt.

„Sei doch ruhig, Schmetterling!“, sagte Henne Reba. „Ich tue dir doch nichts Böses.“

Das Türchen der Uhr knarrte. In dem kleinen Türspalt glitzerte das andere Flügelwesen und piepste etwas.

„Und was piepst du da?“, fragte Reba.

„Du, Huhn! Lass sofort Giuella frei!“, piepste es auf einmal sehr deutlich.

„Was für ein frecher Schmetterling!“, meinte Reba verdutzt. „Und wozu ist deine Giuella in den Käfig geklettert?“

„Das geht dich nichts an!“, ertönte wieder das erboste Piepsen. „Lass sie auf der Stelle frei!“

„Das werde ich ganz bestimmt nicht tun“, antwortete Reba dem frechen Wesen.

Die grüne Giuella, die endlich aufgehört hatte zu schreien, kreischte nun wieder durchdringend: „Bella, rette mich! Überlass mich nicht diesem schrecklichen Vogel!”

„Ich beiße dich schon nicht. Was kreischst du

denn?“, fragte Reba, sie beruhigend.

„Du bist hässlich“, hörte sie Giuella leise sagen.

„Na danke, womit habe ich denn dieses Kompliment verdient?“

„Lassen Sie mich frei, Frau Henne! Ich werde es nie wieder tun!“

„Lass sie frei!“, forderte Bella wieder aus der Uhr.

„Liebe Schmetterlinge, wir haben ein ernstes Wort miteinander zu reden. Die Situation ist die Folgende: Ich habe zum Geburtstag eine Uhr geschenkt bekommen. Das Geschenk war freilich keins von den sinnvollsten, aber wie man so schön sagt, schaut man einer geschenkten Uhr nicht ins Uhrwerk. Und was entdecke ich? Nicht nur, dass sie kein bisschen antik ist und eine unverständliche Zeit anzeigt, zu allem Überfluss ist sie von einem Paar zweifelhafter Schmetterlinge bewohnt. In der Nacht kommen sie heraus, und wozu? Vielleicht, um meine Süßigkeiten zu stehlen? Mir tut’s nicht leid um die Praline, von mir aus. Aber man muss doch um Erlaubnis fragen. Oder was denkt ihr, Schmetterlinge?“

„Wir sind keine Schmetterlinge!“, piepste Bella zornig.

„Sondern?“

„Wir sind Feen!“

„Was ist denn das – Feen? Und wie seid ihr in diese Uhr hineingekommen?“

„Feen sind Feen, wie wir hineingekommen sind, ist unsere Sache und jetzt lass Giuella frei!“

„Kommst du mir wieder mit deinen Unverschämtheiten, Bella?“, seufzte Reba. „Wenn du so weiter machst, lasse ich sie sicher nicht frei!“

„Frau Henne, seien Sie nicht böse auf Bella und lassen Sie mich bitte frei!“, bettelte Giuella.

„Gut, ich bin ja großzügig. Ich lasse dich frei, aber nur unter der Bedingung...“

„Was denn für eine Bedingung?!“

„Ganz einfach: Ihr fliegt nachts nicht herum und weckt mich nicht, sondern kommt bei Tageslicht heraus und zeigt euch. Dafür stelle ich euch ein Schälchen hin, mit Honig oder Pralinen...“

„Und wieso?“, fragte Bella misstrauisch.

„Na, ich mag schöne Schmetterlinge, ich meine Feen“, beschwichtigte sie Reba. „Wenn ihr einverstanden seid, befreie ich Giuella.“

„Gut, lass sie frei!“

„Nun denn, liebe Fee, komm heraus!“, sagte Reba feierlich und hob die Käfigtür hoch.

Die verängstigte Giuella kroch auf allen Vieren aus dem kleinen Käfig. Verzweifelt flatterte sie mit ihren Flügeln, als sie zur Uhr lief. Das Türchen öffnete sich und Bella zog ihre Freundin hinein.

„Passt auf, ihr Feen, vergesst nicht, was wir vereinbart haben!“

Der nächste Tag war einer von denen, der manche Leute missmutig stimmt. Jetzt wird das Ausmaß an Hausarbeit sichtbar, das zu erledigen ist, jene langweilige Hausarbeit, die so erfolgreich die ganze Woche aufgeschoben und in jene Kiste gesteckt wurde, die man „Samstag“ nennt.

Reba putzte energisch ihr Zimmer. Dann ging sie nach unten, um auch dort Ordnung zu schaffen. Als sie den größten Teil ihrer Samstagsarbeiten verrichtet hatte, stieg sie wieder zu sich hinauf. Dort legte sie neben der Uhr eine kleine Auswahl an Süßigkeiten hin und füllte Wasser in zwei Puppentassen.

Zu Mittag aßen sie alle gemeinsam, das heißt Reba, Oma und Opa. Es gab Hirsebrei mit Honig. Anschließend räumte Reba das Geschirr weg und ging wieder auf ihr Zimmer. Die kleinen Feen hatten Rebas Abwesenheit genutzt und waren aus ihrem seltsamen Versteck herausgekommen. Die Süßigkeiten lagen in malerischer Unordnung auf dem Tisch, das Wasser war etwas verschüttet.

Reba näherte sich ihrer Uhr. „Hey, ihr Feen! Löst euer Versprechen ein! Kommt raus und zeigt euch!“

Die Antwort war Stille. Niemand dachte daran, hervorzukommen.

„So-o!“, beendete Reba die Stille. „Wenn ihr euer Wort nicht haltet, werde ich auch nicht nett sein. Ich werde das ganze Innere der Uhr mit Kleber bestreichen, dann bleibt ihr für immer dort! So sieht’s aus!“

Sie kehrte der Kommode den Rücken zu, nahm ein Lehrbuch, schlug die Seite mit dem Lesezeichen auf und vertiefte sich in den Text. Eine Zeit lang geschah gar nichts. Irgendwann hörte sie dann ein Rascheln in der Uhr, jemand piepste unzufrieden, schließlich ging das Türchen auf und Giuella kam heraus.

„Ich bin hier, Frau Henne“, sagte sie, sich die Schläfe reibend.

„Nicht ‚Frau Henne’, sondern Henne Reba. Wiederhol das bitte!“

„Henne Reba“, wiederholte Giuella gehorsam.

„Soll ich euch vielleicht noch etwas Leckeres bringen?“

„Nein, nein, danke! Kann ich denn jetzt wieder zurück?“

„Bitte, geh nur.“

Giuella schlüpfte wieder in die Uhr zurück. Ein paar Sekunden später kam Bella daraus hervor. Reba merkte jetzt, dass sie älter und größer als Giuella war. Sie trug eine hellbraune Weste über einem beigen Kleidchen, alles passend zu der Farbe ihrer Flügel.

„Diese dumme Giuella hat von nichts eine Ahnung!“, erklärte Bella. „Wir brauchen noch alle möglichen Früchte und Nüsse. Und möglichst viele!“

„Wird gemacht“, sagte Reba, leise lachend. „Erlauben Sie mir, mich zu entfernen und Ihren Auftrag auszuführen, Frau Fee?“

Die Feen gewöhnten sich nun erstaunlich schnell an Reba und waren bald überhaupt nicht mehr scheu, ganz im Gegenteil. Bella versuchte ständig, Reba herumzukommandieren. Giuella nutzte dagegen jede Gelegenheit, Bella zu verpetzen.

Reba bastelte ein kleines Gartenhäuschen mit einem Tischchen und einer kleinen Bank, die sie mit leuchtenden Aquarellfarben anmalte. Daneben stellte sie ein Miniaturtablett mit Süßigkeiten, Früchten und Nüssen und eine Puppentasse mit Wasser.

Reba war klar, dass sie ihnen nicht böse sein durfte, sie waren offensichtlich noch Kinder. Reba erfuhr, dass die Schwestern kein leichtes Schicksal hatten. Sie waren eigentlich auf einer ganz anderen Welt aufgewachsen, einer Parallelwelt, die sich nicht nur durch eine Zeitverschiebung von Rebas Welt unterschied, sondern auch in vielen anderen Dingen komplett anders war. Reba hätte sie gerne „senkrechte Welt" genannt, wenn das irgendetwas erklärt hätte.

Die Mutter der kleinen Feen war eine bedeutende Persönlichkeit, jedenfalls in bestimmten Teilen ihres Planeten. Doch etwas Furchtbares war dort im Gange. Nach Giuellas Worten war ihre Mama das letzte Mal selbst gekommen, um sie von der Schule abzuholen. Sie hatte es sehr eilig. Ein gewisser Giom erwartete sie, der einen „Übergangsraum" oder „Tunnel" zwischen den Welten geschaffen hatte. Wie sich herausstellte, war das Ende dieses Tunnels in dem Innenraum ihrer Uhr verankert.

„Giuella", fragte Reba, in der Hoffnung, die Fee von ihrer Lieblingsbeschäftigung, dem Petzen, abzubringen, „warum hattet ihr solche Angst, als ihr mich das erste Mal gesehen habt? Wenn ich richtig verstehe, hat eure Mama euch vor dem Abschied zu überzeugen versucht, dass man die intelligenten Lebewesen unserer Welt nicht besonders zu fürchten braucht. Dass Feen in unserer Welt als mächtige Zauberer gelten, die einem Glück bringen, wenn man sie nicht allzu sehr reizt."

„Weil du ein Huhn bist!", antwortete Bella anstelle ihrer Schwester.

„Versteh ich nicht“, sagte Reba schulterzuckend.

Giuella, die von diesem Zucken fast von Rebas Kopf geflogen wäre, piepste und hielt sich stärker an ihren Federn fest.

„Die Bewohner der Parallelwelt hätten wie wir aussehen sollen, nur ohne Flügel“, hörte sie Giuellas hohes Stimmchen.

„Giom hatte es eilig und machte daher etwas falsch“, fügte Bella hinzu.

„Sind in euerer Welt alle so wie ihr, oder gibt es bei euch auch Vögel, also solche wie wir?“

„Bei uns gibt es alles!“, verkündete Bella stolz. „Nur ist in unserer Welt alles ganz anders. Andere Schwerkraft, andere Luftdichte und so. In dem Tunnel wird unter anderem die Zeit so durch den Raum ersetzt, dass wir an euere Welt angepasst werden. Manches wird größer, manches wird kleiner. Deshalb sind wir so klein in euerer Welt herausgekommen. Aber dafür vergeht die Zeit in unserer Welt jetzt viel schneller als hier!“

„Dann werden bald alle Probleme in euerer Welt beseitigt sein und euere Mama holt euch hier wieder ab“, sagte Reba.

Diese Worte hatten nicht die erhoffte Wirkung auf Giuella. Als hätte ihr jemand den Teppich unter den Füßen weggezogen, landete sie auf ihrem Po und fing an zu weinen.

„Sie holt uns gar nicht mehr ab!“

„Warum?“, wunderte sich Reba.

„Weil diese dumme Gans das Artefakt verloren hat!“, rief Bella.

„Nein, du bist schuld!“, wehrte sich Giuella. „Du hast gesagt, dass ich es nach draußen bringen soll, weil es dich beim Aufräumen stört, hast du gesagt!“

„Nach dem Aufräumen hättest du es wieder hereinholen sollen, du Trottel!“

„Hättest du es halt selber geholt!“

„Beruhigt euch doch!“, sagte Reba, erschrocken von dem heftigen Kreuzfeuer. „Was für ein Artefakt meint ihr denn und wo ist es hingekommen?“

„Das ist so ein durchsichtiges Ding“, sagte Giuella mit tränenerstickter Stimme. „Und geschliffen. Damit hätte uns Mama finden sollen. Bella hat gesagt: ‚Stell es raus‘ – und er hat es weggenommen!“

„Wer hat es weggenommen?“

„Weiß ich nicht“, schluchzte Giuella. „Also dort, wo diese Kiste früher war. Dort hat er's hingetan.“

„Jetzt hört auf mit dem Geheule“, sagte Reba. „Ich werde versuchen, herauszufinden, wer euer Artefakt hat. Nur müsst ihr mir ganz genau erklären, wie es aussieht.“

Tok hatte natürlich keine Ahnung von irgendeinem „Artefakt“. Er hatte nicht in das Gehäuse hineingesehen. Also fuhr Reba selbst zum Antiquar.

Wie gewöhnlich herrschte im Antiquariat kein Andrang und der Antiquar freute sich über Besucher. Reba begrüßte er besonders freundlich. Aber auf ihre Frage, ob er nicht vielleicht aus ihrer kitschigen Uhr, die Tok bei ihm erworben hatte, eine durchsichtige geschliffene Pyramide herausgenommen hätte, zuckte er nur mit den Flügeln und schüttelte den Kopf.

Enttäuscht fuhr Reba zur Uni. Gerade war die Zeit der „hyperaktiven Faulpelze“ und Tok umlagerte zusammen mit diesen den „gemeinen Professor“. Reba ging in den Lesesaal der Unibibliothek, nahm ein Buch und lernte für die Prüfung. Zu Hause war das inzwischen nicht mehr möglich. Diese umherflatternden Nervensägen taten tagelang nichts anderes, als zu rangeln und einander Schimpfnamen an den Kopf zu werfen. Giuella verpetzte ständig Bella, und was Bella darauf tat, wollen wir nur mit drei Punkten andeuten... Reba bekam manchmal einen so dringlichen Wunsch, diesen beiden den Hintern zu versohlen, aber dafür waren die beiden zu klein und verletzlich.

Um die Mittagszeit herum kam die Einser-Studentin Rosa auch in die Bibliothek. Sie nickte Reba mit abwesender Miene zu, nahm ebenfalls ein Lehrbuch und setzte sich in eine entfernte Ecke des Saals.

„So, so!“, dachte Reba. Rosa betrachtete Reba eigentlich als ihre Freundin, verhielt sich ihr gegenüber aber manchmal wie eine Königin gegenüber ihrer Untergebenen. Schließlich kam die Zeit für das Mittagessen. Reba stellte ihr Buch zurück und fuhr wieder heim. Sie aß ohne Appetit und ging auf ihr Zimmer. Auf der Kommode herrschte das reinste Chaos. Der kleine Pavillon lag umgeworfen, Nüsse und Früchte lagen überall verstreut und das Wasser war verschüttet. Bella zog ihre Schwester an den Haaren, wovon diese ganz furchtbar kreischte.

Als Giuella schließlich Reba sah, befreite sie sich aus der Umklammerung, flog von der Kommode hoch und landete auf dem Kopf der Henne.

„Was ist denn hier los?! Man kann euch ja nicht mal für fünf Minuten alleine lassen!“

„Ich werd’s dir später noch zeigen!“, versprach Bella, drohte mit dem Fäustchen und verschwand im Gehäuse der Uhr.

Gleich darauf begann Giuella schon mit ihrer Petztirade. Reba hörte nicht allzu sehr auf ihr Gepiepse und wollte auf der Kommode Ordnung schaffen. Da klingelte es unten an der Haustür und sie hörte Schritte auf der Treppe. Ohne das Klopfen abzuwarten, machte Reba ihre Tür auf. Nur hatte sie ganz vergessen, dass auf ihrem Kopf immer noch Giuella saß.

Auf der Türschwelle stand Henne Rosa.

„Ach, wo hast du denn so eine her?“, fragte sie.

Reba sah nun vielleicht das erste Mal seit ihrer Bekanntschaft einen Ausdruck großer Verwunderung auf Rosas sonst hochnäsig wirkendem Gesicht.

„Was hab ich wo her?“, fragte Reba. Völlig verdutzt von Rosas Gesichtsausdruck verstand Reba erst einmal gar nichts.

„Diese grüne Spange!“, Rosa hob ihren Flügel und deutete auf Rebas Kopf. Giuella piepste durchdringend und flog ein Stück von Rebas Kopf, während ihre Flügel verzweifelt flatterten.

„Ist das ein echter Schmetterling? Ein echter dressierter Schmetterling?“, wollte Rosa wissen.

Giuella flog auf die Kommode, öffnete das Gehäusetürchen und verbarg sich in den Tiefen der Uhr.

„Das ist ja ein Ding! Wo hast du denn so einen Schmetterling her?“ Rosas Verwunderung kannte keine

Grenzen.

„Das sind keine Schmetterlinge, das sind Feen“, sagte Reba traurig, „Auch als kleine Egoistinnen und Zicken bekannt.“

„Hast du viele von ihnen?“

„Zwei. Aber die reichen mir schon!“

Eine halbe Stunde später wusste Rosa alles, was Reba von diesen Feen hatte erdulden müssen. Inzwischen hatte sie auch schon ganz vergessen, wieso sie eigentlich gekommen war. Mit der Zeit waren die Feen aus der Uhr herausgekommen und Giuella hatte sogar ihren angestammten Platz eingenommen, nämlich auf Rebas Kopf. Henne Rosa befragte sie mit der ihr eigenen, an Pedanterie grenzenden Gründlichkeit. Seltsam, aber vor Rosa machten sie keine Faxen, zeigten nicht die Zunge und kämpften nicht miteinander.

Bella, die etwas älter und dementsprechend auch etwas vernünftiger als ihre Schwester war, erzählte alles ausführlich – wie sie hierhergekommen waren, warum ein „Übergangsraum“ notwendig gewesen war, in dem sie sich von Zeit zu Zeit versteckten, wie sie die Sprache der Hühnerwelt gemeistert hatten. Und wieso hatten sie Reba nie erzählt, dass das Essen dieser Welt für sie nicht genießbar war und sie ein „Zaubertöpfchen“ hatten, mit dem sie die Nahrungsmittel hier für sie essbar machen konnten? Mit trauriger Stimme sprach Bella auch von dem sogenannten Artefakt, das unter wundersamen Umständen verschwunden war.

Rosa war wirklich eine sehr gründliche Henne. Sie holte gleich eine dünne Bleistiftmine aus ihrem

Federmäppchen und bat Bella das „Artefakt“ zu zeichnen. Bella hatte zum Schluss zwar ziemlich schmutzige Handflächen, brachte aber doch etwas zustande. Rosa erfragte die genauen Maßstäbe und zeichnete darauf in Originalgröße selbst den vielkantigen Gegenstand in zwei Ansichten. Bella, die auf ihrem Kopf Platz genommen hatte, korrigierte sie.

„Ich denke, man kann etwas ähnliches bei Professor Gas finden“, sagte Rosa, als sie mit ihrer Arbeit fertig war.

„Aber die vom Professor sind ja nicht ‚magisch’, wie es die Feen sagen!“, widersprach Reba.

„Es geht hier sicher nicht um Zauberei, sie haben nur eine wesentlich weiter entwickelte Technologie als wir. Auf jeden Fall wird es nicht schaden, es zu versuchen.“

Vielleicht war Henne Rosa ja gerade deshalb so eine gute Studentin, weil sie ihre Aufgaben nie auf die lange Bank schob, sondern gleich ans Werk ging.

Während Reba über Rosas Vorschlag nachdachte, hatte diese schon Professor Gas angerufen. Nach dem Telefongespräch ließen sie die Feen von ihren Köpfen absteigen und gingen zum Professor. Dieser war sehr verblüfft, beide Hennen zusammen anzutreffen. Im Gegensatz zu Reba versuchte Rosa den Professor möglichst selten zu stören.

Sie unterbrachen bei ihrer Erzählung einander häufig, versuchten alles auf einmal zu erzählen und übergaben ihm schließlich die Zeichnung.

Professor Gas war ein verständiger Hahn. Gleich begann er in seiner Sammlung zu stöbern und nach einem passenden Kristall zu suchen. Währenddessen erzählten die jungen Hennen ihm weiter von Rebas neuem Abenteuer. Als Gas von den kleinen Feen aus der „senkrechten Welt“ hörte, war er sofort Feuer und Flamme und wollte sie mit eigenen Augen sehen.

Endlich fand er etwas, das dem Objekt auf der Zeichnung ähnelte. Kurz darauf fuhren sie zusammen mit dem Auto des Professors zu Reba.

Die Feen liefen nicht auf der Kommode herum. Sie rauften nicht einmal. Während der Professor noch unten mit Oma und Opa redete, hatte Rosa schon den Kristall an Bella übergeben. Diese lief damit in die Uhr, um ihn im Übergangsraum in das Gerät einzusetzen. Kurz darauf kehrte sie enttäuscht zurück, mit diesem Kristall funktionierte es nicht.

Der Professor stieg hinauf. Als er die Feen sah, war er so begeistert, dass die Feen erschraken und ängstlich in die Uhr huschten. Rosa ging daran, sie von dort wieder herauszulocken. Das dauerte. Schließlich kamen sie hervor und der Professor konnte sie über ihren Apparat befragen. Er fragte jedoch so peinlich genau, dass Bella es schließlich nicht mehr aushielt und dieses geheimnisvolle Ding mit Ächzen heraustrug. Professor Gas besah es von allen Seiten und versuchte, den Kristall einzusetzen. Schließlich sagte er, der Kristall müsse einfach ein wenig geschliffen werden. Die Kanten, die er anpassen musste, markierte er mit einem Filzstift. Bella und Giuella schleppten das Gerät wieder an seinen Platz zurück. Zu diesem Zeitpunkt waren dem Professor schon einige Ideen gekommen, wie man der Feenmama ein Signal schicken könnte.

Den kleinen Feen war es zu Kopf gestiegen, dass sie schon den halben Tag im Zentrum der Aufmerksamkeit gestanden hatten und sie rauften sich wieder. Rosa ermahnte sie streng. Da fiel es ihr ein, weswegen sie eigentlich zu Reba gekommen war und sie bat diese um die Mitschrift einer Vorlesung, die sie wegen Erkrankung verpasst hatte. Auch der Professor wollte nun aufbrechen und schlug Rosa vor, sie mit dem Auto bis zu ihrem Haus mitzunehmen.

Rebas Telefon klingelte in aller Frühe. Es war Henne Rosa.

„Schläfst du noch?“, fragte sie Reba verwundert. „Jedenfalls hat Professor Gas jetzt den Kristall zugeschliffen. Ich habe ihn abgeholt und komme zeitnah zu dir.“

Reba musste noch recht lange auf sie warten. Endlich läutete es an der Tür und vor ihr stand die lang erwartete Henne Rosa!

Die Feen kamen mit freudigem Piepsen aus der Uhr, um sie zu begrüßen.

„So sind sie“, dachte Reba, „mir kommen sie nur grob oder petzen und über sie freuen sie sich!“

Rosa ging zur Kommode und überreichte Bella den zugeschliffenen Kristall. Aber auch diesmal kam die Fee ganz enttäuscht aus der Uhr und als Giuella ihre große Schwester so sah, fing sie an zu weinen. Reba tat dieser piepsende und schniefende Winzling leid und sie versuchte, sie zu trösten. Rosa dagegen beachtete das mit keinem Blick und nahm aus ihrer Tasche noch einen kleinen Kristall.

„Probiere mal den“, sagte sie zu Bella.

Ohne besondere Begeisterung schleppte sie auch diesen Kristall in die Uhr.

Kurze Zeit später sprang sie wie der Teufel aus der Kiste hervor.

„Es funktioniert, es funktioniert!“, rief sie.

Sofort stellte Giuella ihr Weinen ein. Mit einem Piepsen nahe dem Ultraschall lief sie in die Uhr, um sich mit eigenen Augen davon zu überzeugen, dass der Apparat tatsächlich lief.

„Wo hast du denn diesen zweiten Kristall her?“, fragt Henne Reba, nachdem sie ihre Hände von den Ohren genommen hatte. „Hat Professor Gas noch einen gefunden?“

„Nein, auf dem Weg zu dir habe ich noch mal

beim Antiquar vorbeigeschaut. Ich habe ihm den Kristall gezeigt und gesagt, ich hätte zu Hause alte Ohrringe, in denen Steinchen eingesetzt sind, dass aber der eine Stein herausgefallen wäre und ich ihn nicht mehr finden kann. Ich habe ihn gebeten, zu schauen, ob er zwischen seinem Krimskrams etwas in der Art hätte. Er durchstöberte einige Schubladen und fand tatsächlich diesen Kristall."

„Und warum hat er ihn dann mir nicht gegeben?! Ich hatte ihn doch gebeten!", empörte sich Reba. Bei sich dachte sie, dass jeder Hahn, auf den Rosa ihren launischen, königlichen Blick richtet, alles tut, nur um es ihr recht zu machen. Da fingen Bella und Giuella wieder zu raufen an, diesmal wahrscheinlich vor Freude. Nachdem Giuella ihre Kopfnuss in Empfang genommen hatte, flog sie zu einem sicheren Ort, das heißt auf Rebas Kopf, piepste von dort ganz schrecklich und streckte ihrer Schwester die Zunge heraus. Bella flatterte auf Rosas Kopf, zeigte Giuella drohend die Faust und piepste nicht weniger furchteinflößend.

„So, jetzt haben sie sich auch an dich gewöhnt", sagte Reba. „jetzt werden sie auf dich auch nicht mehr hören."

Die Zeit verging, das Gerät mit dem „Artefakt" funktionierte einwandfrei, aber die Feenmama erschien nicht, um ihre lebhaften Kinder abzuholen.

Heute hatte Reba ihre winzigen Kleider gewaschen und sie zum Trocknen aufgehängt. Die Feen hatten sich in der Zwischenzeit in bunte Stoffreste eingewickelt und rannten auf der Kommode herum.

„Waschen kann ich ihre Sachen", dachte Reba

traurig, „aber wer soll Giuellas Kleid stopfen? Es hat schon ein Loch. Und wie viel Zeit ist wohl in ihrer Welt inzwischen vergangen? Werden sie noch mit dem Schulprogramm mitkommen?“

Die Feen ließen ihre Stoffstücke fallen und flatterten nackt, wie sie waren auf Rebas Kopf. Reba seufzte und nahm das Lehrbuch zur Hand. Morgen stand die erste Prüfung an.

Rosa bekam die Bestnote, Reba dagegen leider nur ein „Gut“. Tok hatte an diesem Tag auch eine Prüfung, war aber gar nicht begierig, als erster dranzukommen, sondern saß vor Angst zitternd hinten und ließ es über sich ergehen.

Reba wartete auf ihn auf dem Gang. Endlich kam er heraus. Dabei sah er so zufrieden aus, als hätte er die Welt gerade um eine großartige Entdeckung bereichert.

„Und, was hast du bekommen?“, fragte Reba.

„Befriedigend!“, sagte er stolz. „Komm, so eine Sache muss gefeiert werden!“

„Ich habe leider keine Zeit, Tok. Ich kann meine Feen nicht allzu lange ohne Aufsicht lassen.“

„Was denn für Feen?“, fragte Tok erstaunt.

„Die, die du mir in der Uhr geschenkt hast.“

„Und was sind das für Dinger? Warum hast du mir gar nichts davon erzählt?“

„Du hattest doch jetzt ständig keine Zeit! Mal musstest du deine Laborarbeit auf den letzten Drücker fertigstellen, mal einen Leistungsnachweis herbeizaubern!“

„Aber jetzt hab ich ja Zeit und kann sie mir anschauen. Bis zur nächsten Prüfung sind es schließlich noch ganze drei Tage!“

„Vielleicht bekommen die Feen Angst, wenn sie dich sehen...“, sagte Reba.

„Ach was! Ich habe doch ständig Tiere gehalten, mal Fische, mal Grillen, und die haben mich immer gemocht und hatten kein bisschen Angst vor mir!“

Reba war sehr überrascht, aber tatsächlich hatten weder Giuella noch Bella Angst vor Tok.

Eine nach der anderen sprangen sie vom Gehäuse der Uhr, rannten mit freudig flatternden Flügeln über die Kommode und wiederholten dann das ganze Spiel von vorne. Dabei schrien sie vergnügt irgendwas, aber in einer Stimmhöhe, die gewöhnliche Hennen als „Messer auf Teller“-Geräusch bezeichnen würden.

„Was ist los?“, frage Reba.

„Wir haben eine Nachricht von Mama bekommen!“, erklärte Giuella und flog auf Rebas Kopf. „Sie hat gesagt, dass sie bald kommt und uns abholt!“

„Wie, bald?!“

Reba überkam ein ganz seltsames Gefühl. Einerseits fand sie es schade, von diesen zwei kleinen Schlingeln Abschied nehmen zu müssen. Sie hatte sich schon an sie gewöhnt. Andererseits sah sie ein, dass sie nach Hause mussten. Und außerdem machte Reba sich Sorgen. Was würde die Feenmama wohl sagen? War sie mit Rebas Erziehungsmethoden einverstanden?

„Hat sie denn nicht gesagt, wann genau sie euch abholt?“

„Hat sie!“, piepste eine der Schwestern. In der Zwischenzeit waren sie schon beide auf Toks Kopf geflogen und zupften ihn mit aller Kraft am Kamm. Tok stand ganz still mit geschlossenen Augen und hatte Angst, sich zu bewegen.

„Wartet mal kurz!“

Sie holte ihre Kamera und begann den verzückten Tok mit den Feen auf dem Kamm zu knipsen.

„Und wann kommt sie denn nun genau, eure Mama?“, wiederholte Reba ihre Frage.

„In fünf Tagen!“, antwortete Giuella.

„Ach, das ist ja schon morgen!“, rief Bella. „Bei uns vergeht die Zeit ja viel schneller als hier!“

„Oh je“, sagte Reba. „Und um wie viel Uhr? Man muss sich ja auf das Treffen vorbereiten! Wenigstens etwas Ordnung schaffen...“

Für den nächsten Tag meldete sich auch Henne Rosa an. Sie wollte ebenfalls von den Feen Abschied nehmen. Tok lehnte es ab, zu kommen.

„Aber die Feenmama höchstpersönlich kommt!“

„Und dann beginnt das Ach und Och, Tränen und Umarmungen. Wenn ich da auch noch... Nein, nein, das ist nichts für mich...“

Bella und Giuella waren schon unzählige Male in den Übergangsraum gelaufen. Was, wenn sie doch früher kommt!

Fünf vor elf, als Bella und Giuella fleißig die Kartonbänke in ihrer „Ruhezone“ gerade zu richten versuchten, knarrte die Tür der Uhr. Reba kam es vor, als würde sie jemand durch den Spalt beobachten. Einen Augenblick später öffnete sich das Türchen langsam und graziös kam eine Fee aus der Uhr hervor.

„Mama!“, riefen die Feenkinder im Chor und liefen zu ihr.

„Guten Tag“, sagten Henne Reba und Henne Rosa ebenfalls im Chor.

„Guten Tag“, entgegnete die Feenmama. „Darf ich mich vorstellen – ich bin Aluella.“

„Reba.“

„Rosa“, stellten sich die Hennen vor.

Auch wenn die Feenmama kaum größer war als ihre Töchter, sah sie doch sehr eindrucksvoll aus. Es bestand kein Zweifel, dass sie auf ihrer Welt eine sehr bedeutende Persönlichkeit war.

„Ich hoffe, dass Bella und Giuella Ihnen nicht allzu viele Unannehmlichkeiten bereitet haben.“ sagte sie.

„Ach was“, sagte Reba. „Sie waren so brave Kinder! Sie haben mir immer und überall geholfen!“

„Wundervoll“, die Feenmama nickte höflich. „Eigentlich waren sie immer recht folgsame... wie sagt man bei Euch?“

„Küken, folgsame Küken.“

„Ist es noch gefährlich bei Ihnen?“, fragte Henne Rosa.

„Die Situation ist unter Kontrolle“, erwiderte die Feenmama.

Reba hatte das Gefühl, dass Rosa und die Fee sich in etwas sehr ähnelten.

„Verehrte Frau Fee, würden Sie uns gestatten, ein Foto von Ihnen zu machen, zur Erinnerung?“, erkundigte sich Rosa sehr höflich.

„Nun, es wird nicht schaden“, meinte Aluella. „Versuchen wir es.“

Vorsichtig setzte sie sich auf die kleine Kartonbank, strich ihr Kleid glatt und rief ihre Töchter dazu.

Rosa nahm eine Kamera aus ihrer Tasche und überreichte sie Reba.

„Und jetzt mit mir!“, sagte Reba nach einigen Schüssen.

Nachdem die Fotos gemacht waren, wollten die jungen Feen auch fotografieren. Sie kletterten von allen Seiten auf die Kamera und Bella stampfte auch mit dem Fuß auf den Auslöser, wodurch sie eine leere Ecke des Zimmers im Bild verewigte. Während Rosa sich mit den Feenkindern beschäftigte, wollte Reba den Feen ihren ganzen Vorrat an Süßigkeiten schenken. Die Feenmama lehnte aber kategorisch ab, etwas mitzunehmen, da die Energie für die Transformation von Gepäck nicht ausreichen würde.

Bella, die der Ansicht war, dass sie bei keiner Angelegenheit fehlen dürfe, flog auf die Pralinenschachtel, setzte sich darauf und baumelte mit den Beinen. Dann sagte sie völlig ernst: „Mama, wir könnten doch Henne Reba den Ehrentitel der Hofdame unseres Königreichs verleihen!“

„Unverzüglich!“, rief die Feenmama. „Reba, für

Ihre großen Verdienste gegenüber unserer Familie wird auf Fürbitte der Fürstentochter Bella Ihr Name in das Buch der Ehrendamen unseres Fürstentums eingetragen!“

„Ich danke vielmals, Euer...“

„Ehrwürden“, half ihr Bella.

Schließlich war es an der Zeit, Abschied zu nehmen. In Rebas Augen stiegen die Tränen. Bella und Giuella waren kurz davor, wieder miteinander zu raufen, aber unter Aluellas strengem Blick beruhigten sie sich.

Am Eingang zum Gehäuse der Uhr wandten sich die drei noch einmal um und winkten den Hennen zum Abschied. Die Tür ging zu und Rebas ungewöhnliche Gäste verschwanden aus ihrer Welt.

„Das war's“, sagte Reba, „nun habe ich keine Feen mehr.“

Und Rosa meinte nachdenklich: „So was... erzähl es jemandem, kein Huhn wird's dir glauben!“

Das Praktikum

Henne Reba hatte alle Semesterprüfungen hinter sich. Ohne prahlen zu wollen, kann ich euch verraten, dass sie dieses Wintersemester hervorragend abgeschlossen hat. Nicht mit lauter Einsern wie Henne Rosa, aber wer kann sich schon mit Rosa messen, der besten Studentin, und zwar nicht nur in ihrer Gruppe, sondern im gesamten Jahrgang? Und außerdem ist Rosa ihre Freundin. Oder besser gesagt Reba ist Rosas Freundin. Wenn ihr bloß wüsstet, wie schwierig es ist, mit Rosa befreundet zu sein! Vielleicht hat Rosa ein Verkleinerungsglas im Auge und alle kommen ihr wie winzige Insekten vor, die irgendwo unten an ihren Füßen herumkrabbeln, denkt sich Reba manchmal. Denn manchmal kann Rosa mit ganz abwesendem Blick und ohne zu grüßen an einem vorbeigehen, sogar an Reba. Zum Glück ist Reba eine sehr großzügige Henne und verzeiht Rosa solche Ausfälle jedes Mal.

Hahn Tok, Rebas Freund aus Kükentagen, hat dieses Semester ebenfalls erfolgreich abgeschlossen, wenn auch ausschließlich mit Dreiern und Vierern. Aber auch das ist schon eine große Leistung für ihn! Manche Hennen sagen ja, dass Hahn Tok ein gewöhnlicher Tölpel ist. Aber Reba kennt ihn seit ihrer Kindheit und weiß, dass er ganz in Ordnung ist.

Lasst uns mal nachsehen, womit Henna Reba gerade beschäftigt ist. Aha! Sie bereitet sich auf den morgigen Tag vor. Morgen ist nämlich ihr erster Praktikumstag. Reba hat ihren weißen Laborkittel gebügelt und ihn sorgfältig auf den Kleiderbügel gehängt. Der Kittel ist zwar nicht mehr neu, aber noch ganz in Ordnung, nicht ein einziges Brandloch hat er.

Den Praktikumsplatz im Forschungslabor hatte sie Professor Gas zu verdanken. Das Labor gehörte zu einer großen Firma und auch gar nicht weit von ihrem Zuhause entfernt, sie kann ohne Umsteigen mit dem Bus fahren. Tok hatte da nicht so viel Glück. Mit vier anderen aus seiner Gruppe hat er sich in eine weit entfernte Stadt aufgemacht, die, soviel ich weiß, nicht mal in einer der benachbarten Regionen liegt! Rosa dagegen ist ebenfalls zu der großen Firma geschickt worden, nur in die Konstruktionsabteilung.

Wenn Reba an das große Wort „Forschungslabor" denkt, stellt sie sich eine Gruppe hagerer, abgearbeiteter Hähne und Hennen vor, die Tag und Nacht mit wichtigen, unglaublich schwierigen Problemen kämpfen, aber niemals aufgeben. Geleitet werden sie von einem müden, altersgrauen Professor, der ganz gebeugt ist von der Bürde seiner unzähligen, äußerst schwierigen und verantwortungsvollen Aufgaben. Alle im Labor sind ausgesprochen intelligent und lösen mühelos Integralgleichungen!

„Werde ich ihnen nicht wie ein absolut dummes Huhn vorkommen?", fragte sich Reba. „Ich muss die Matrixgleichungen, das Newtonsche Binom und den Kosinussatz wiederholen. Und die Merksätze der Mineralogie und Kristallografie durchgehen. Und dann noch die Hydro- und Aerodynamik…"

An Schlaf war für Reba diese Nacht nicht zu denken. In ihrem Kopf schwirrten die widersprüchlichsten Gedanken. Mal sah sie sich vor Scham über ihre Unwissenheit mit den Augendeckeln klappern, weil sie die einfachsten Differentialgleichungen vergessen hatte. Alle Forscher des Labors stehen um sie herum und schütteln missbilligend die Köpfe, als wollen sie sagen: „Und solche wie du werden mal unsere Forschung übernehmen?“

Dann wieder stellt sie sich vor, dass das gesamte Labor verzweifelt an der Lösung einer ungemein wichtigen Aufgabe arbeitet und selbst der graugefiederte Professor gedankenverloren an seinem vergoldeten Kugelschreiber kaut, weil er die richtige Lösung nicht finden kann. Und da sagt unsere Reba: „Wie wäre es, wenn man hier mit der Matrixgleichung ansetzt?“ Sofort stürzen sich alle daran, auszuprobieren, was ihnen Rebas wundersame Idee bringen könnte. „Reba!“, rufen sie dann im Chor. „Du bist ein Genie! Du musst unbedingt nach der Uni zu uns kommen! Solche klugen Hennen sind genau das, was wir brauchen!“

Am nächsten Morgen stand Reba eine Stunde früher auf als geplant. Auch an der Bushaltestelle kam sie mit einem ordentlichen Zeitpuffer an und ging dort müßig umher. Rosa dagegen kam genau rechtzeitig an, nur zwei Minuten vor der planmäßigen Abfahrt des Busses. Auf die Minute genau kam schließlich auch der Assistent des Professors, um mit ihnen mitzufahren und sie vorzustellen.

Die ganze Fahrt über hatte Henne Rosa so einen Gesichtsausdruck, als hätte sie einen Besenstiel verschluckt und sei deswegen sauer auf die ganze Welt. Reba gab schließlich alle Versuche auf, mit Rosa ein Gespräch anzufangen und betrachtete die an ihrem Fenster vorbeifließende Landschaft.

Endlich kamen sie an. Der Assistent legte am Eingangsschalter Papiere vor und Reba und Rosa wurden befristete Passierscheine ausgestellt. Und dann überschritten sie die Grenze, hinter der das PRAKTIKUM begann.

Sie brauchten etwa fünf Minuten zu einem Gebäude, das gleichzeitig imposant und generisch aussah. In der gigantischen Empfangshalle, die absolut kahl und langweilig wirkte, ließ der Assistent Rosa warten, denn Reba sollte als erste bei ihrer Praktikumsstelle vorgestellt werden.

Das Labor, zu dem er Reba führte, befand sich im zweiten Stock. Ohne anzuklopfen, als wäre er bei sich zu Hause, platzte der Assistent in das Zimmer und zog Reba hinter sich her. In dem Raum gab es nur ein Fenster, das aber sehr groß war und fast die gesamte Stirnwand einnahm. Dort standen vier Schreibtische sowie eine Zimmerpflanze, die sich ziemlich breit gemacht hatte. An einem der Tische am Eingang saß tatsächlich eine dünne, aber prächtig gekleidete Henne, die anderen Tische waren allesamt leer. Ein Hahn ging zwischen den Tischen auf und ab. Irgendetwas an ihm erinnerte sie stark an Tok, allerdings an einen ausgewachsenen Tok, der ordentlich gemästet wurde. Aber der unbekümmerte Gesichtsausdruck war der gleiche.

„Der hat seine Leistungsnachweise wahrscheinlich auch immer auf den letzten Drücker abgegeben“, dachte Reba unwillkürlich.

Als er die Eingetretenen bemerkt hatte, beendete er seinen Spaziergang und begrüßte den Assistenten energisch.

„Hier bekommt ihr Unterstützung, eine unserer besten Studentinnen – Henne Reba. Nehmt euch ihrer an. Okay, Löt, ich lauf jetzt weiter, muss noch eine Studentin vorstellen!“

Dann reichte er ihm eine Mappe, klopfte freundschaftlich auf die Schulter und entfernte sich.

„Ah ja“, sagte Löt, als er die Mappe öffnete. „Henne Reba. Also gut... Darf ich mich vorstellen: Ich bin der Leiter dieses Labors, Hahn Löt.“

Reba klapperte mit den Augen. Das ist ja ein Ding! Wird Tok vielleicht eines Tages auch so ein hohes Tier?

„Juli“, wandte sich derweilen dieser Laborleiter an die dünne Henne. „Führ bitte Henne, ähm... Reba in das Zimmer zu den anderen Hennen, mach sie mit den Sicherheitsvorschriften bekannt und gib ihr eine Aufgabe.“

Juli huschte von ihrem Tisch hervor und führte Reba ins Nebenzimmer. Dieser Raum war etwas kleiner. Dafür standen dort sechs Tische und ein riesiger Schrank mit Ordnern. Diesem massiven Schrank konnte die Digitalisierung nichts anhaben. Fünf der Tische waren besetzt, der sechste war für Reba bestimmt.

„Darf ich vorstellen“, sagte Juli zu den anderen Mitarbeitern. „Das ist Henne Reba, sie macht bei uns ihr Praktikum.“

Sie nahm flink einen Ordner aus dem Schrank, der sicher schon bessere Tage gesehen hatte, und las Reba einzelne Passagen daraus vor.

Das war ein furchteinflößender Ordner. Es stellte sich heraus, dass es hier unzählige Gefahren für die armen Hennen und Hähne gibt. Hätte der Verfasser des Textes die Macht besessen, so wäre niemand niemals und unter keinen Umständen in dieses gefährliche Unternehmen kommen dürfen.

Juli las ermüdend lange. Schließlich vermischten sich in Rebas Kopf alle Gefahren. Es fehlte nicht mehr viel, und ihr Kopf würde sich wie ein Karussell drehen. Zum Glück hatte Juli nach einiger Zeit selbst genug und stellte den Ordner wieder zurück, wobei sie nur mit Mühe ein Gähnen unterdrückte.

„Luli“, wandte sie sich an eine wohlbeleibte Henne, deren Tisch an Rebas grenzte, „gib ihr eine Arbeit.“

Die füllige Luli erhob sich von ihrem Platz, schaltete den Computer an Rebas Tisch ein und überreichte ihr einen Stapel schmuddeliger Papiere.

„Deine Aufgabe wird es sein, die Datenbank zu pflegen“, teilte ihr Luli mit. „In diese Spalte trägst du die Daten von hier und in diese die von hier ein. Pass auf, dass du sie nicht verwechselst! Vergleiche sie mit diesen Nummern hier!“

Nachdem sie Reba mit Arbeit versorgt hatten, gingen Luli und Juli zum Laborleiter.

Reba konnte sich nun endlich in aller Ruhe im Raum umsehen. Bis auf Juli sahen alle Hennen im Labor so gar nicht ausgemergelt aus. Manche ganz im Gegenteil! Nur eine einzige hatte einen dunkelgrauen Arbeitskittel an. Die anderen waren vielleicht nicht ganz so prächtig angezogen wie Juli, konnten aber mit ihrer Kleidung jede Studentin ihrer Uni in den Schatten stellen. Reba blickte zu ihrer Tasche, in die sie ihren Kittel verstaut hatte, und entschied, ihn dort zu lassen.

Dafür stürzte sie sich nun voller Eifer auf die neue Aufgabe. Die Zahlen, mit denen sie die unendlichen Weiten der Datenbank füllen sollte, überzeugten durch ihre erstaunliche Gleichförmigkeit. 0,8, 0,8, 0,7 – und damit es nicht ganz langweilig wurde, kam dann mal 0,8, 0,8, 0,9. Da soll mal einer nicht durcheinanderkommen!

Bis sie eine Spalte fertig hatte, war sie regelrecht in Schweiß ausgebrochen. Am Ende spuckte das Programm das Ergebnis aus: „Werte von 0,7 bis 0,9. Durchschnittswert 0,8.“

„Das hätte ich auch ohne diese Berechnungen sagen können“, brummte Reba. „Warum automatisieren Sie das nicht alles? Aber dann würden sie sich sicher eine andere sinnfreie Beschäftigung für mich ausdenken müssen…“

Einige Zeit später nahm Luli aus der Kaffeemaschine den Behälter, um Wasser zu holen.

Rebas Nachbarin holte feierlich Becher und Gebäck aus einem Schrank hervor. Sie gönnte ihrer eigenen, wohl nicht weniger trostlosen Datenbank eine Pause und schloss sich den anderen an. Als schließlich alles für den Kaffee fertig war, kamen auch Löt und Juli. Die Hennen rückten ihnen fürsorglich die Stühle zurecht und reichten ihnen die Kaffeetassen.

Henne Juli hatte offensichtlich auch eine wichtige Position innerhalb des Labors, denn sie nutzte während des Kaffeetrinkens die Gelegenheit, bei allen Hennen nachzufragen, wie sie mit ihren Datenbanken vorankämen. Laborleiter Löt wandte sich an Luli mit der Bitte, ihm eine Auswahl aus einer Datenbank zu erstellen, einen Datensatz aus einer anderen hinzuzufügen und ihm das Ganze bis zum Ende des Tages auszudrucken. Darauf wurde Luli sofort wild und verkündete, dass sie auch so überreichlich Arbeit hätte, deren Ende nicht abzusehen sei und warum der Leiter ausgerechnet ihr alle Arbeit aufbürde. Fast fünf Minuten legte sie sich so mit ihm an, bis Juli einschritt.

„Ich werde selbst alles organisieren, Löt. Zum

Tagesende wird die Datenauswahl fertig sein“, beruhigte sie den armen Chef. Nach dem Kaffeetrinken gingen Löt und Juli wieder. Luli begann, die Becher auszuspülen und wegzuräumen. Schwer zu glauben, dass das ein modernes Unternehmen war.

„Morgen bist du mit dem Kaffeekochen an der Reihe“, wandte sie sich an Reba. „Komm, ich zeige dir, wo man Wasser holen und die Becher spülen kann.“ Reba hatte das Gefühl, in einen realgewordenen Praktikantenwitz gelandet zu sein. War das vielleicht alles nur ein Traum?

Nach der Kaffeepause setzte Reba den Kampf mit der Datenbank fort, bis endlich das langersehnte Mittagessen kam. Die Hennen streiften ihre Laborkittel über, riefen Reba und machten sich auf den Weg zur Kantine. Im Speisesaal tat es Reba sofort leid, dass sie ihrem Beispiel nicht gefolgt war und ihren Laborkittel in der Tasche gelassen hatte, da in der Schlange viele Arbeiter in schmutziger Werkskleidung eng aneinander standen.

Nach dem Essen begann die Datenbank eine magische Wirkung zu entfalten. Die Magie bestand darin, dass sie Rebas Augendeckel schwerer und schwerer machte. Die Nullen sahen sie mit hypnotisch ausdruckslosen Fischaugen an. Die Achter legten sich müde auf die Seite und verwandelten sich in eine zähe Unendlichkeit. Ohne dass sie es hörte, trat der Laborchef ein. Er schickte zwei der stillsten Hennen fort, die ihn nur unzufrieden ansahen. Dann nahmen sie, ohne ein Wort zu sagen, jeweils einen dicken Ordner und verließen geräuschlos das Zimmer.

Mit einem Blick auf Reba rief Löt gut gelaunt: „Na, wie geht’s der Praktikantin? Kampf mit dem

Hunger vor dem Mittagessen und Kampf mit dem Schlaf nach dem Mittagessen, wie man so schön sagt? Zur Abwechselung kannst du jetzt hinunter in die Verwaltung gehen. Sie schulden uns da einige Dokumente. Sag ihnen, dass du vom Labor 302 kommst. Luli, erklär Reba den Weg zur Verwaltung."

In der Verwaltung waren nur zwei Hennen. Die eine war, wie Reba schien, auch eine Praktikantin. Sie saß sehr aufrecht vor dem Computer, sah aber unablässig zur Decke. Die andere sprach sehr energisch ins Telefon. Als sie Reba bemerkte, deckte sie den Telefonhörer mit der Hand ab und sagte zu ihr: „Nimm einen Moment Platz." Dann nahm sie ihre hochwichtige Tätigkeit wieder auf.

Es gab hier nur einen einzigen Besucherstuhl, der neben einem kleinen Tisch mit einem ungewöhnlichen Aquarium stand. Das Glas des Aquariums sah sehr dick und schwer aus, wie aus einem Guss. Höchstwahrscheinlich war es ursprünglich für Laborzwecke gedacht. Durch die dichten Algen schwammen einige anspruchslose kleine Fische, bedächtig wie Spaziergänger am Sonntag. Früher hatte Tok auch solche gehalten. Obwohl diese Fische eher als pflegeleicht gelten, wurden sie bei ihm mal krank und starben, mal kämpften sie heftig miteinander und mal fraßen sie sich zu Tode.

Hier dagegen fühlten sie sich sehr wohl. Nachdenklich flanierten die hellblauen Fadenfische durch die Unterwasserwelt. Wie mit Zeigestöcken berührten sie alles mit ihren Fühlern, als wollten sie den anderen Fischen etwas zeigen und verständlich machen. Dabei schauten sie nach oben, als würden sie sich fragen: „Lohnt es sich überhaupt, diesen Hohlköpfen etwas zu erklären?" Vorsichtig schwammen rote Platys und Black

Mollys vorüber. Eine Gruppe grellweißer Fische, die Reba an Laborantinnen in neuen Kitteln erinnerten, kam aus dem Unterwassergestrüpp hervor und begannen nun ihrerseits Runden zu drehen. Bei näherem Hinsehen erkannte Reba, dass es ebenfalls Mollys waren. „Die haben es gut“, dachte Reba, „sie müssen nicht einmal ihre Kittel waschen.“

Plötzlich rührte sich etwas auf dem Grund des Aquariums. Reba zuckte regelrecht zusammen. Ein gepunkteter Wels war ohne Vorwarnung aufgetaucht und blickte sie nun unverwandt an. Dann zwinkerte er ihr zu und verschwand in eine hintere Ecke des Aquariums. Schließlich beendete die Buchhalterin ihr emotionales

Telefongespräch und wandte sich Reba zu.

„Na, wie kann ich helfen?“

„Ich bin vom Labor 302, man hat mich wegen der Dokumente geschickt“, sagte Reba.

„Ach, du bist eine Praktikantin?!“, rief sie fröhlich. „Und wie lange bleibst du uns erhalten?“

„Einen Monat“, entgegnete Reba verdutzt.

Die Buchhalterin suchte nach den Papieren und gab sie ihr schließlich. „Du kannst deinem Chef ausrichten, dass ich ihm den Kamm abreiße, wenn er die Daten noch einmal so spät einreicht.“

Wieder oben im Labor gab sie Löt die Papiere, ließ aber die Grüße der Verwaltungsdame unausgesprochen.

Geduldig wartete die Datenbank auf Reba. Die Zahlen hatten sich zu Bataillonen eines unbesiegbaren Heeres formiert und blickten sie unbeweglich an. Luli war wieder am Kaffeekochen. Gespräche wurden laut, die nur am Rande mit der Arbeit zu tun hatten. Doch da trat Juli ein und die Fröhlichkeit verebbte binnen Sekunden. Luli, mit einer Tasse Kaffee in der Hand, druckte ihr die Tabellen aus. Nachdem Juli die Dokumente in einer Mappe verstaut hatte, nahm sie sich ebenfalls eine Tasse.

Endlich war der erste Arbeitstag zu Ende. Reba wartete auf Rosa und dann gingen sie, genau wie die Flut der anderen, die auf dem Weg zur Eingangspforte waren, nach Hause. Der Bus, der sie wieder in ihr Städtchen bringen sollte, stand schon mit weit geöffneten Türen an der Bushaltestelle. Rosa ergatterte einen Fensterplatz und starrte durch die schmutzig-staubige Fensterscheibe. Endlich schlossen sich die Türen mit einem höflichen

Zischen und der Bus setzte sich in Bewegung. Weich rauschten die Reifen. Der graue, während des Tages warm gewordene Asphalt legte sich unter die Räder.

„Hast du auch den ganzen Tag die Datenbank füttern müssen?“, fragte Reba ihre Freundin Rosa, die bis zu diesem Moment immer noch geschwiegen und aus dem Fenster gestarrt hatte.

„Schön wär‘s!“, sagte Rosa in tragischem Tonfall.

„Was denn?!“

„Sie haben mich den ganzen Tag ihre staubigen Schränken aufräumen lassen“, sagte Rosa aufschluchzend.

„Und morgen wirst du ihnen Kaffee machen müssen“, vermutete Reba hellseherisch.

Rosa sah sie erschreckt an. „Woher weißt du das? Ich habe ihnen heute schon Kaffee gekocht und musste ihnen dann noch Brötchen aus der Kantine bringen!“

Reba ahnte nun dunkel, dass sie nicht nur morgen mit dem Kaffeekochen dran sein würde, sondern den ganzen Monat.

Zu Hause erwartete man Henne Reba schon. Natürlich, kam sie doch müde von der Arbeit! Beim Abendessen hörten Oma und Oma ihr aufmerksam zu, während sie ihnen Geschichten über die interessante Arbeit im Forschungslabor auftischte und über sich selbst staunte, wie sie doch alles so stimmig erlog. Als Reba wieder in ihrem kleinen Dachzimmer war, verstaute sie ihre ganzen Lehrbücher wieder in den

Schrank. Sie würde keinerlei binomischen Lehrsätze oder Integralrechnungen benötigen, jedenfalls nicht in diesem Monat. Und ein Lehrbuch über die fachgerechte Zubereitung von Kaffee besaß sie nun mal nicht. Reba setzte sich in den Sessel und nahm ein Buch aus dem Regal, das sie wahllos irgendwo in der Mitte aufschlug. Dort las sie: „Und ihre Wangen wurden rot, ihr ganzes Gesicht blühte auf, ihre Augen begannen zu glitzern." Schon bald legte sie das Buch aus der Hand. Unmerklich war die Dämmerung eingebrochen. Sie hatte keine Lust dazu, aus dem Sessel aufzustehen und das Licht anzumachen. Geistesabwesend sah sie aus dem Fenster, wo die grauen Berge des Himmels langsam dahinrollten.

In der Stille ächzte plötzlich der Fensterladen ihres anderen Fensters. Wie von selbst ging das Fenster auf und ein großer Vogel landete als lautloser Schatten auf ihrem Fenstersims. Nein, kein Vogel, sondern eine Echse, die sich als Vogel verstellte: Es war Rebas alte Bekannte, der Urvogel Archaeopteryx!

„Madame Kaggi?", fragte Reba.

„Höchstpersönlich!", sagte ihr der Urvogel mit dem Schnabel voller scharfer Zähne. „Ich habe lange nichts mehr von dir gehört. Was machst du die Tage?"

„Ich mache ein Praktikum. Heute war der erste Tag. Im Forschungslabor."

„Und habt ihr schon viel erforscht?"

„Ja-a-a!", Henne Reba wischte ihre Behauptung mit einem Flügelschlag beiseite. „Den ganzen Tag lang habe ich nur irgendeine blöde Datenbank gefüttert!"

„Das ist doch alles Huhnbug, womit sich eure

sogenannten Forscher beschäftigen“, krächzte Madame Kaggi heiser. „Die drücken sich bloß vor der Arbeit! In unseren Forschungslabors... Aber du brauchst meinen Erzählungen nicht zu glauben. Lass uns direkt hinfliegen, ich mache dich mit einigen unserer berühmten Forscher bekannt!“

„Aber ich kann nicht fliegen!“, erwiderte Reba bitter. „Sie wissen doch, unsere Art...“

„Unsinn! Alles kannst du!“, meinte Madame Kaggi so bestimmt, dass Reba nichts zu erwidern wusste. Kaggi sprang vom Fensterbrett, kam watschelnd zu Reba und sprühte sie mit einem Flakon von Kopf bis Fuß ein. „Die Zusammensetzung dieses Mittels wird die Flugkraft deiner Flügel erhöhen und du wirst problemlos fliegen können!“

Reba stand auf, ging im Zimmer auf und ab und schlug mit den Flügeln. Tatsächlich! Sie schaufelten die Luft wie ein Propeller! Mit jedem Flügelschlag wurde Reba gleichsam vom Boden empor gerissen.

Madame Kaggi sprang wieder aufs Fensterbrett.

„Fliegen wir lo-o-os!“, gab sie das Kommando und startete in einer Steilkurve. Reba folgte ihr mutig. Das Fliegen erwies sich als erstaunlich leicht und angenehm. Das Ziel ihrer Reise lag im Osten und mit der Zeit schmolz die Dämmerung und der Himmel wurde heller. Schon sah man die Sonne, die tief am Horizont hing. Schließlich segelte Madame Kaggi auf das flache Dach eines eleganten weißen Gebäudes, das am Ufer einer breiten Meeresbucht lag. Reba folgte ihrem Beispiel. Eine kleine Zelle, die auf dem Dach stand, entpuppte sich als Aufzug, mit dem sie in die Tiefen des Gebäudes sanken.

In der ersten Etage stiegen sie aus. Reba wurde von dem Anblick des riesigen breiten Ganges, der in die Unendlichkeit zu münden schien, überwältigt. Zu beiden Seiten dieses Korridors befanden sich gewaltige Glastüren, hinter denen eine angespannte Betriebsamkeit herrschte. Die Laboranten und Forscher gingen hochkonzentriert ihrer Arbeit nach, ganz ohne lange Kaffeezeremonien.

„Gehen wir“, rief Madame Kaggi. Helle, halbdurchsichtige Platten bildeten den Boden unter ihren Füßen, die sich weich und federnd anfühlten und wärmten. Nach einer Weile kamen sie zu einem Labor. Das war ein gigantischer Saal, in dem an die zehn Laboranten ihrer Arbeit nachgingen. Den größten Teil des Raumes füllte ein rechteckiges, sehr tiefes Schwimmbecken, das stufenweise in die Tiefe führte.

„Hier wird das Meer erforscht“, erklärte Madame Kaggi. „Aus diesem Becken kann man in die Bucht gelangen. Hast du Lust, dir die Unterwasserlabore anzusehen?“

„Natürlich“, stimmte Reba zu und sah sich nach allen Seiten auf der Suche nach einem Unterwasseranzug um.

„So!“, hörte sie Kaggi sagen. „Du suchst wohl ein U-Boot? Brauchen wir nicht, wir gehen einfach so.“

„Aber ich kann mich doch nicht lange ohne Luft unter Wasser aufhalten!“

„Hier wird geforscht“, kam es krächzend aus Madame Kaggis Mund, „und keine Datenbanken gepflegt! Schau her!“ Sie nahm von einem der Tische ein Sprayfläschchen. „Ich werde uns jetzt mit einem Schutzfilm einsprühen. Diese Hülle wird uns nicht nur vom Wasser schützen, sondern auch als Membran dienen, durch die der Sauerstoff aus dem Wasser in unsere Lungen gelangt und das Kohlenstoffdioxid entweichen kann. Sie hält rund 24 Stunden." Nun drückte sie auf den Knopf des Zerstäubers. Eine zarte Wolke aus feinen Tröpfchen senkte sich auf sie und trocknete augenblicklich. Reba fühlte sich von einem dünnen Film umhüllt. Anschließend besprühte Madame Kaggi sich selbst. Abgesehen davon, dass die Hülle etwas ungewohnt war, konnte sie tatsächlich frei und leicht atmen.

„Zieh diese Spezialschuhe hier an", kommandierte Madame Kaggi, „sonst schwimmst du gleich nach oben."

Reba zog folgsam die schweren Stiefel an, bekam eine große Taschenlampe in die Hand gedrückt und folgte gehorsam Madame Kaggi in die Tiefen des Beckens.

Aus dem Becken kamen sie in einen Unterwassertunnel, hinter dessen Glaswänden sich ebenfalls Labore befanden. Das Wasser war warm. Die Luft kam problemlos durch den Film und war angenehm zu atmen. Natürlich war es nicht einfach, sich durch das Wasser zu bewegen, aber bald hatte Reba sich angepasst und, indem sie mit ihren Flügeln wie ein Fisch mit den Flossen ruderte, folgte sie Madame Kaggi, der das Wasser keinerlei Probleme zu bereiten schien. Schließlich machte Madame Kaggi vor einer der Glastüren des Labors Halt und öffnete sie.

In einem großen Saal, der mit allerlei Geräten vollgestopft war, arbeiteten emsige Forscher. Reba krächzte auf. Die Laboranten waren wundersam aussehende Fische mit schneeweißen Schuppen.

Die Strahlen ihrer Vorderflossen waren lang und biegsam, als wären es Finger. Mit ihnen bedienten sie ihre Geräte auch wirklich recht geschickt. Ungeachtet ihrer durchaus ansehnlichen Größe hätte Reba sie trotzdem nicht „Fische“ nennen wollen. Sie waren so niedlich! Reba entschied, dass die Bezeichnung „Fischchen“ ihnen besser stand.

„Womit befasst ihr euch derzeit?“, fragte Madame Kaggi streng.

Darauf schwamm der älteste Fisch zu ihr und erklärte respektvoll: „Wir verfolgen weiter unsere Forschungen zur Seetang-Gewinnung.“

„Gibt es irgendwelche Resultate?“

„Sehr wohl“, erwiderte der Fisch artig. „Wir haben einen bescheidenen Ertrag erzielen können.“

„Was ist eigentlich dieser Seetang?“, fragte Reba.

„Oh! Das ist ein phänomenales Präparat, verehrte Henne“, wandte sich das Fischchen an sie. „Aus einer speziellen Algenart konnten wir ein außerordentlich effektives Elixier gewinnen. Derzeit stellen einige Laboranten trotz vieler Schwierigkeiten einige Gramm davon her und wir werden Ihnen mit Vergnügen zeigen, wozu es gut ist."

Das Fischchen schwamm zu einer Gruppe Laboranten, um etwas mit ihnen zu besprechen.

„Während sie hier den Tang herstellen, werde ich mich für eine Minute in ein anderes Labor begeben", meinte Madame Kaggi. „Reba, warte ein wenig hier auf mich."

Bereitwillig erklärte sich Reba einverstanden. Diese niedlichen weißen Fischchen, die so aufmerksam und zielorientiert den Anweisungen ihrer Laborleiterin folgten, hatten es ihr angetan.

Während Madame Kaggi weg war, ging Reba an den Tischen entlang und staunte über die geheimnisvollen Apparate, an denen die emsigen Fischchen hantierten. Selbstvergessen gingen sie ihrer Arbeit nach und beachteten Reba gar nicht. Bald begann sich Reba zu langweilen. Sie machte die Glastür ein bisschen auf und lugte nach draußen. Der Korridor erstreckte sich in weite Ferne. Es war still und leer. Das Einzige, was ihr ins Auge stach, war ein dunkler Lappen, der neben der Tür lag. „Wer den hier wohl vergessen hat?", dachte Reba verwundert über diese erste Unregelmäßigkeit in dieser durchorganisierten, sauberen Welt. Da zwinkerte der Lappen ihr zu.

„Aha! Das ist ja ein Wels!", erkannte Reba.

„Du suchst vermutlich Madame Kaggi?", sagte der.

„Warum, weißt du denn, wo sie ist?“

„Sie hat mich nach dir geschickt“, entgegnete er wichtig. „Komm, ich führe dich zu ihr.“

„Gehen wir“, stimmte ihm Reba zu. Sie setzten sich in Bewegung, gingen eine Zeit lang durch den Korridor und entfernten sich dabei immer mehr von der Tür des Labors, in dem Reba auf Madame Kaggi hätte warten sollen.

Reba folgte dem Wels und betrachtete auf ihrem Weg die strahlend weißen Fischchen hinter ihren Glastüren, die in ihre Arbeit vertieft waren.

„Komm, sie wartet auf dich!“

Reba schritt hinter ihm drein, da warf jemand ein Netz über sie. Die empörte Henne schlug mit den Flügeln, versuchte das Netz abzuwerfen, verhedderte sich dadurch aber nur noch mehr darin. Sie wollte schreien, doch ihr Schnabel steckte in einer Netzmasche, sodass sie ihn gar nicht öffnen konnte.

Aus der Finsternis schwammen einige große Welse hervor. Sie hoben das Netz an und schleiften die darin zappelnde Reba am Boden hinter sich. Wie lange sie unterwegs waren, wusste Reba nicht zu sagen. Die Lichter der Station waren schon länger nicht mehr zu sehen, aber immer noch zogen die Welse sie tiefer und tiefer in die undurchdringliche Dunkelheit.

Endlich kamen sie doch an. Die Welse zogen fachgerecht das Netz von unserem Huhn und drängten sie in eine nicht allzu große Grotte, deren Wände mit sehr schwach leuchtenden Muscheln bedeckt waren. Gleich darauf gingen die Welse daran, die Ausgänge aus der kleinen Höhle mit Netzen zu verhängen.

„Wieso habt ihr mich hergeschleppt?“, rief die aufgebrachte Reba.

Ein dicker Wels mit breiten Lippen schwamm an sie heran.

„Hab keine Angst, wir werden dir nichts tun“, sagte er. „Sobald sie uns den Tang gegeben haben, werden wir dich freilassen.“

„Aber ich bin doch von einer Schutzhülle umgeben, deren Wirkung auf 24 Stunden begrenzt ist! Dann wird sie sich auflösen und ich ertrinke!“

„Sehr gut“, blubberte der Wels zufrieden. „Wenn die auch davon wissen, werden sie umso entgegenkommender sein.“

Nachdem sie ihre Arbeit beendet hatten, schwammen die großen Welse davon.

„Nein, ich werde hier nicht hocken und warten“, entschied Reba. Sie schwamm zum Netz und versuchte, es aufzureißen – ohne großen Erfolg.

Etwas in der Dunkelheit regte sich. Ein eher unscheinbarer, kurzgewachsener Wels näherte sich ihr von der anderen Seite des Netzes.

Reba hatte sich noch nicht gefasst, da erhielt sie einen kräftigen Stromstoß, sodass sie zur hinteren Grottenwand geschleudert wurde.

„Hast du jetzt genug?“, blubberte der elektrische Wels. „Jetzt weißt du Bescheid!“

Er beobachtete Reba eine Zeit lang, brummte dann etwas und schwamm wieder in die Finsternis.

„So was Blödes“, dachte Reba. „In was für eine Geschichte bin ich da bloß hineingeraten.“ Plötzlich spürte sie, dass sich etwas unter ihr rührte. Reba blickte nach unten und sprang gleich aufgeschreckt zur Seite. Sie hatte auf einem kleinen Krebs gesessen, den sie nur deswegen nicht erdrückt hatte, weil ihr Gewicht im Wasser um einiges geringer war als an der Luft.

Der Krebs piepste: „Schon gut, du brauchst keine Angst zu haben, mir ist nichts passiert!“

„Entschuldige. Wohnst du hier etwa?“, fragte Reba.

„Hab mich zufällig hierher verirrt. Dachte, ich könnte mich hier in dieser Stille ungestört ausruhen, aber nein, diese dreisten Welse müssen hier ein Gefängnis anlegen.

„Sie wollen mich für Tang als Lösegeld eintauschen!“, klagte Reba. „Und ich bin von einer Hülle umgeben, die nur 24 Stunden anhält! Ich kann doch unter Wasser nicht atmen! Hast du vielleicht eine Idee, wofür sie diesen Tang benötigen?“

„Oh!“, rief der Krebs. „Dieser Tang ist, wie ich gehört habe, eine großartige Sache! Er verlängert dem einen das Leben, dem anderen verhilft er zu mehr Gehirn!“

„Gehirn ist genau das, was diesen Welsen fehlt! Aber am besten gibt man es ihnen, indem man ihnen ordentlich den Hintern versohlt!“

„Nein, an zusätzlichem Verstand sind sie nicht interessiert“, lachte der Krebs leise. „Sie wollen nur stärker und mächtiger werden.“

„Ja, freilich“, stimmte ihm Reba zu, „über einen Mangel an Verstand hat sich noch niemand beschwert!“

„Warum denn“, meinte ihr Gegenüber. „Ich würde mich nicht beklagen, wenn es bei mir einen kleinen Zuwachs an dieser grauen Substanz gäbe.“

„Kann denn dieser Tang einem wirklich mehr Gehirn verleihen?“

„Sicher!“, quiekte der Krebs begeistert. „Dieser Tang aktiviert die Prozesse, die du dir gedanklich vorstellst!“

Er verstummte für eine Weile.

„Hör zu!“, sagte er schließlich. „Wenn ich dir helfe, von hier wegzukommen, wird man mir dann ein kleines bisschen Tang geben? Was meinst du?“

Reba zuckte mit den Schultern. „Das weiß ich nicht. Als ich dort war, sagten sie mir, dass sie erst wenige Gramm gewonnen hätten.“

„Mir würde auch ein halbes Gramm reichen“, versicherte der kleine Krebs verträumt.

„Träum nur weiter, rauskommen werden wir hier ja doch nicht“, seufzte Henne Reba. „Ein elektrischer Wels bewacht den Eingang. Er hat mir schon einmal einen Stromstoß verpasst.“

„Wer Welse fürchtet, geht nicht ins Wasser. Stromstöße austeilen ist ja auch schon alles, was dieser elektrische Wels drauf hat. Und Gehirn hat er sowieso ganz wenig. Ich werde ihn überlisten!“

„In dieser Finsternis finde ich den Weg zur Forschungsstation ja doch nicht.“

„Und wofür bin ich da?“, kicherte der Krebs. „Hör genau zu! Diese Taschenlampe auf deinem Rücken, funktioniert die?“

„Weiß ich nicht. Ich habe sie bisher noch nicht ausprobiert."

Der Krebs nahm die Taschenlampe von Rebas Gürtel und schaltete sie, zur Tarnung gegen die Wand gedrückt, ein.

„Ausgezeichnet!", jubelte er und flüsterte mit Verschwörermiene: „Nun mein Plan: Du ziehst deine schweren Stiefel aus und stellst sie so nah wie möglich am Ausgang der Höhle ab. Dann schwimmst du nach oben und drückst dich an die Decke der Grotte, auch möglichst nahe am Ausgang. So wird man dich von draußen nicht sehen. Wenn der Wels also hineinschaut, wird er dich nicht gleich bemerken. Ich werde ein großes Loch ins Netz schneiden und dann mit der Taschenlampe durchschlüpfen. Wenn ich sie einschalte und hin- und herschwenke, kletterst du aus dem Loch, versteckst dich in der Nähe der Grotte und wartest auf mich. Los geht's!"

Während Reba sich mühte, ihre Stiefel auszuziehen, schnitt der Krebs rasch ein gewaltiges Loch ins Netz. Dann sah er nochmal zu Reba zurück und schlüpfte flink aus der Grotte. Die Taschenlampe war viel größer als er selbst, und so schleppte er sie hinter sich her.

„Wie soll ich denn da sehen, dass er die Taschenlampe umherschwenkt?", erschrak Reba. „Unter der Decke hier sieht man doch überhaupt nichts!"

Eine Weile später tauchte der Lichtstrahl für einen Augenblick an der hinteren Grottenwand auf und verschwand ebenso schnell. Sie vernahm das aufgeschreckte Gebrumme des Welses, das Netz bewegte sich und Reba hörte das Plätschern seiner Flossen, das sich immer weiter entfernte.

Reba kämpfte sich zu ihren Stiefeln durch, zog sie rasch an und kletterte vorsichtig durch das Loch, ohne sich im Netz zu verheddern. Doch kaum hatte sie einige Schritte getan, da spürte sie eine elektrische Entladung aus der Ferne. Selbst auf dieser Distanz konnte sie den Stromstoß spüren, und das war nicht gerade angenehm. Sie drückte sich an den Grund und verharrte dort reglos. Lange geschah nichts. Schließlich zupfte sie jemand am Bein.

„Das bin ich!“, hörte sie die gedämpfte Stimme des Krebses. „Jetzt aber auf! Warte, ich halte mich an dir fest und sage dir, wo wir hin müssen.“

„Und wenn der Wels zurückkommt und uns eine Stromladung verpasst?“

„Bis er für die nächste aufgeladen ist, wird genügend Zeit verstrichen sein. Und ohne Strom kann er es alleine mit dir nicht aufnehmen. Wahrscheinlicher ist, dass er seine Freunde zur Verstärkung holt.“

Henne Reba setzte sich also unverzüglich in Bewegung und ruderte mit ihren Flügeln aus aller Kraft.

„Wäre ich bloß ein Fisch“, seufzte sie. „In fünf Minuten wären wir da.“

Der Krebs verließ sich allem Anschein nach nur auf seinen Geruchssinn, in der Dunkelheit sah auch er schlecht. So verirrten sie sich in der undurchdringlichen Schwärze und stolperten in ein dichtes, hohes Algengestrüpp. Ein paar Minuten später hatten sie sich so in die Unterwasserpflanzen verstrickt, dass sie nicht mehr weiter konnten.

„Was sollen wir bloß tun?“, rief Reba schwer atmend. „So kommen wir doch bis zum Morgen nicht aus diesem Dschungel heraus!“

„Ja“, stimmte der Krebs ihr zu, „die Sache steht schlecht. Wenn du jetzt eine Ente wärst, würdest du die Schuhe abstreifen, zur Oberfläche steigen und von da dann langsam in Richtung Station paddeln.“

„Womit denn paddeln?“ Reba besah sich ihre Füße. „Ich hab ja keine Schwimmhäute wie Enten.“

Sie kämpften sich noch ein Stück weiter durch die Wasserpflanzen, dann ging ihnen endgültig die Kraft aus.

„Nein“, sagte Reba, „irgendetwas müssen wir uns einfallen lassen. Wie wäre es, wenn ich wirklich diese dummen Schuhe ausziehe und nach oben schwimme? Madame Kaggi hat mich nicht nur mit einem wasserfesten Film eingesprüht, sondern davor auch mit irgendeiner Substanz, die die Tragkraft meiner Flügel erhöht. Vielleicht gelingt es mir, zu fliegen. Kannst du es eine Zeit lang ohne Wasser an der Luft aushalten?“

„Klar“, versicherte ihr der kleine Krebs, „Ich werde solange die Kiemen zusammenpressen und die Luft anhalten.“

Aber als sie oben waren, schaffte Reba es nicht, von der Wasseroberfläche abzufliegen. Sie brauchte Anlauf. Und den konnte sie auf dem Wasser nicht nehmen. Auf einmal stießen sie gegen etwas. Es war ein Holzbrett. Henne Reba setzte sich darauf und versuchte, zu schwimmen, indem sie mit ihren Flügeln paddelte. Doch dann schwammen sie in ein solch dichtes Algengestrüpp hinein, dass das kleine Brett in dem zähen Brei aus Blättern und Stängeln feststeckte.

„Da, schau“, sagte sie auf einmal zum Krebs, „das Brett trägt mich. Halt dich jetzt gut fest!“

Sie schlug mit aller Kraft mit den Flügeln, lief über das Brettchen– und flog!

Dort sind sie, die Lichter der Station, fast zum Greifen nah. Da fühlte Reba, wie das Mittel, mit dem Madam Kaggi sie eingesprüht hatte, aufhörte zu wirken. Ihre Flügel trugen sie nicht mehr. Jeder Flügelschlag wurde zunehmend mühevoller. Bis zur Station waren es keine zwanzig Meter mehr, da plumpste sie ins Wasser.

Oh Schreck! Die Wirkung der Wasserschutzhülle hatte sich auch verflüchtigt. Ihre Federn wurden augenblicklich nass. Sie strauchelte hilflos im Wasser, nur einige Meter von der Station entfernt und sank und sank...

„Welse!“, rief der Krebs. „Sie warten dort am Eingang zu den Labors auf uns!“

„Hilfe!“, schrie Reba. „Madame Kaggi!“

„Beruhig dich, Reba!“ Vor Henne Reba stand

Oma. „Geh doch lieber ins Bett! Du bist hier im Sessel eingeschlafen, kein Wunder, dass du Albträume bekommst."

„Schade", dachte Reba und gähnte. „Jetzt bekommt der kleine Krebs keinen Tang und damit keinen Verstand." Sie machte ein grimmiges Gesicht. „Und morgen wieder zum Praktikum, Datenbanken ausfüllen und Kaffee kochen, wenn nicht gar noch Brötchen holen!... Wer weiß, vielleicht ist das Praktikum in Wirklichkeit der Traum?"

Ungewöhnliche Gäste

Henne Reba las zum letzten Mal ihren Praktikumsbericht durch. Sie hatte ihn sehr ordentlich auf blütenweißes Papier geschrieben. Auch allerlei bunte Grafiken, Diagramme und seltsame Fotos hatte sie hinzugefügt. Das war gar kein Praktikumsbericht mehr, das war ein Kunstwerk. Schweren Herzens legte sie ihn in die zitronengelbe Mappe. Professor Gas hatte den morgigen Tag für die Abgabe der Berichte festgelegt.

Ach, dieser Praktikumsbericht! Als Reba am Anfang des Praktikums einen Zettel bekam, in dem sehr genau stand, was dieser Bericht enthalten sollte, erschrak sie richtig. Wahrscheinlich hatten dem Verfasser dieses Schreibens einige Praktikanten einmal etwas ganz, ganz Schlimmes angetan.

Dieser ärgerliche Zettel verdarb ihr den Anfang ihres Praktikums, das auch so schon anstrengend genug war.

Reba erzählte ihrer Freundin Rosa von ihren Sorgen, aber diese zuckte nur mit den Schultern. Reba war natürlich klar, dass es auch nicht besser gekommen wäre, wenn sie das Praktikum zusammen mit Tok gemacht hätte. Der hätte seelenruhig alle Probleme auf Reba abgewälzt und die ganze Zeit über nur Blödsinn getrieben.

Nun waren ihr lediglich zwei Wochen geblieben. Reba wusste nicht einmal, von welcher Seite sie an diesen schrecklichen Bericht herangehen sollte. Sie sah noch einmal den Zettel durch, den sie von der Universität bekommen hatte. Schließlich dämmerte es ihr, wer ihr Praktikumsleiter war. Das heißt der, der sie anleiteten und ihr alles erklären sollte. Das war natürlich ihr

Laborleiter – Hahn Löt! Diese Einsicht lag nicht auf der Hand. Löt erinnerte nicht nur durch seinen tölpelhaften Gesichtsausdruck an eine dicke Version von Tok. Auch ihre Einstellungen und Gewohnheiten ähnelten sich.

Aber was sollte sie tun? Und so ging Reba eben zu Hahn Löt. Woher sollte sie nur die ganzen Daten hernehmen, die dieser verdammte Zettel erwartete?

„Du willst jetzt schon deinen Bericht schreiben?“, fragte der Laborleiter erstaunt und kratzte sich am Kamm. Genau diese Reaktion hatte Reba erwartet.

„Also gut, du kannst den Bericht gerne anfangen“, gestattete er ihr gnädig. Dann ging er zu seinem Schreibtisch, fischte aus seinen Tiefen einen zusammengenähten Papierstapel und überreichte ihn Reba.

Reba zuckte zusammen. Auf dem Umschlag dieses soliden Manuskripts stand: „Praktikumsbericht der Studentin Lisa.“ Sie blätterte diesen umfangreichen, gelb gewordenen Bericht schnell durch. Eine überaus pedantische Henne hatte vor sehr langer Zeit die ganze Unmenge an Daten zusammengetragen, die der boshafte Zettel verlangte. Mit sauberer, rundlicher Schrift hatte sie alles auf dickem Glanzpapier niedergeschrieben. Mehr noch, ein „Sehr gut“ und die Unterschrift von Professor Gas prunken auf der ersten Seite!

Reba starrte fassungslos auf den Bericht und dann auf Laborleiter Löt. Soviel sie wusste, wurden alle Berichte im Archiv der Universität unter Verschluss gehalten.

„Nimm ihn nur, keine falsche Scham!“, sagte Hahn Löt, als er Rebas Verwirrung bemerkte. „Vergiss nur nicht, ihn mir zurückzugeben! Die Daten zur

Produktivität und Struktur des Betriebes sind dort schon lange veraltet, du wirst sie aktualisieren müssen. Wenn du beim letzten Kapitel angekommen bist, komm einfach vorbei, ich helfe dir dann“, sagte ihr heldenhafter Retter und lächelte übers ganze Gesicht wie der letzte Tölpel.

Dieser Versuchung konnte Reba nicht widerstehen, dazu ärgerte sie der Zettel zu sehr. Fleißig schrieb sie alles ab, was eben ging, ersetzte die veralteten Daten durch die neuesten, erweiterte einige Kapitel, klebte schwarzweiße und bunte Fotos hinein und wollte schließlich sogar alles im Computer abtippen. Doch Löt machte sie darauf aufmerksam, dass laut eben jenem Zettel der Bericht von Hand abgefasst werden musste.

Nun blieb nur noch der letzte, abschließende Teil des Berichts. In diesem musste dargestellt werden, womit sich dieses Forschungslabor beschäftigte und was denn unsere Henne Reba die ganze Zeit hier getrieben hatte.

Wie vereinbart kam sie zu Hahn Löt. Der hatte natürlich gar nicht die Absicht, auch nur irgendwas zu tun. Stattdessen bat er einfach Henne Juli, der Praktikantin Reba zu helfen.

Die übereifrige Juli ging mit solch einem Enthusiasmus an ihre Aufgabe heran, dass Reba misstrauisch wurde.

„Wessen Bericht ist das überhaupt? Henne Lisas, Henne Julis oder vielleicht doch meiner?“, dachte sie.

Mit Julis Hilfe wurde das letzte Kapitel derart spannend, dass Reba beim erneuten Durchlesen selbst staunte, in was für einem großartigen Forschungslabor sie ihr Praktikum verbracht hatte. An was für wichtigen und interessanten Arbeiten hatte sie laut dem Bericht nicht alles teilgenommen! Und welchen wichtigen Beitrag sie geleistet hat! Ohne Reba wären sie sicherlich verloren gewesen.

Außerdem versorgte Juli sie mit einer derartigen Masse an Grafiken, Diagrammen und Fotos, dass der Bericht dank dem letzten Kapitel wie eine solide wissenschaftliche Arbeit aussah.

Zu guter Letzt heftete Reba alle Blätter ab, legte sie in einen Umschlag und übergab das Manuskript Löt. Der nahm zuerst den vergilbten Bericht der ehemaligen Praktikantin Lisa und versteckte ihn sorgfältig. Dann unterschrieb er auf der ersten Seite von Rebas Bericht und gab ihn ihr zurück. Hätte er wenigstens ein einziges Mal hineingesehen! Genau so hätte es auch Tok gemacht, dachte Reba. Naja, vielleicht hätte er aus Höflichkeit noch etwas darin herumgeblättert und genickt.

Und eben diesen Bericht musste Reba also morgen abgeben.

Jetzt, da ihr Bericht endlich fertig war, rief sie Tok an. Tok machte sein Praktikum ganz weit weg von ihrem Städtchen. Es stellte sich heraus, dass er schon seit Freitag zu Hause war. Und da war ihm nicht eingefallen, Reba anzurufen? Sein Bericht war natürlich noch nicht fertig, aber Tok machte sich keine Sorgen. Erst am Montag würde er erfahren, wann der letzte Abgabetag ist.

Eigentlich sollte man sich für Montage keine großen Taten vornehmen. Doch nach der Abgabe der Berichte fingen die Ferien an. Das ist diese großartige

Zeit, in der die Namen der Wochentage jeden Sinn verlieren! Und die Tage, die früher Montage oder Mittwoche waren, werden einfach zu sonnigen oder regnerischen Tagen. Aber damit diese angenehme Zeit beginnen konnte, musste Reba erst einmal den Bericht abgeben.

Als Reba zur Uni kam, sah sie Henne Rosa, die nachdenklich auf der Bank saß. Wie sich herausstellte, wartete Rosa dort auf sie. Alleine traute sie sich nicht, dieses leere und geheimnisvoll stille Gebäude zu betreten.

Reba wollte gleich Rosas Bericht sehen. Etwas unwillig reichte Rosa ihr ihre blassviolette Mappe. Reba öffnete sie und es verschlug ihr die Sprache, als sie dieses nobel gebundene Wunder mit seinen Unmengen an erstklassigen Zeichnungen, Diagrammen, ausgeklügelten Tabellen und hervorragenden Fotos sah. Ohne Zweifel hatte an diesem Bericht die ganze Konstruktionsabteilung mitgewirkt, nicht bloß eine Henne Juli!

Mit einem leicht mulmigen Gefühl betraten sie die Universität. In den leeren, kühlen Gängen hallten ihre Schritte überdeutlich schallend wider. Es hörte sich an, als wären hier nicht zwei junge Hennen unterwegs, sondern ein kleine Herde Brontosaurier – eine Stille wie im Reich einer schlafenden Prinzessin. Da sie beide nicht für die Rolle des Prinzen passten, stiegen sie die Treppen zum ersten Geschoss auf Zehenspitzen hinauf.

Professor Gas erwartete sie in seinem Zimmer. Die ehemaligen Praktikantinnen grüßten ihn respektvoll und setzten sich an den Tisch. Rosa wollte ihren Bericht zuerst abgeben. Sie entnahm das Manuskript ihrer Mappe und überreichte es dem Professor.

Gas wischte sorgfältig seine Brillengläser ab, setzte sie wieder auf und las nun gründlich Rosas Werk. Reba schaute sich in der Zwischenzeit Gas' Tisch an. „Chaos auf dem Tisch – Chaos im Kopf", pflegte ihr ehemaliger Chef und Praktikumsleiter Hahn Löt zu seinen Mitarbeiterinnen zu sagen, vielleicht deswegen, weil die größte Unordnung gerade auf seinem Tisch herrschte. Auf dem Tisch von Professor Gas war dagegen keine Spur von Unordnung –leer war er aber auch nicht. Mit einem Blick konnte man erraten, was der Professor unterrichtete und womit er sich am liebsten beschäftigte. Gas war einer von jenen Professoren, die nicht nur von ihrer Wissenschaft fasziniert waren, sondern gerne den Kreis ihrer Interessen erweiterten. Dafür und für vieles andere vergötterten ihn seine Studenten. Dazu gab es sogar einen Spruch: „Wenn ihr einen Professor seht, der wie eine Glucke von Küken von Studenten umgeben ist, dann ist das höchstwahrscheinlich Professor Gas!"

Da sah Reba zwischen den bereits vertrauten Sachen einen Gegenstand, der so gar nicht ins Bild passte. Auf dem Tisch des Professors lag ein Dolch!

Professor Gas las das Manuskript, Rosa sah gespannt auf den Professor und Reba betrachtete den Dolch. Je länger Reba ihn ansah, desto seltsamer kam er ihr vor. Die Klinge war eine gestreckte Pyramide, die zum Ende hin eine Raute bildete. Das Metall war gründlich geschliffen und glänzte wie ein Spiegel. Aber mit so einer Klingenform könnte man bestenfalls weiche Butter schneiden. Der Haltegriff bestand aus bläulich-schwarzen geometrischen Elementen: einer Kugel, einer Halbkugel und einem Zylinder. Das war wirklich ein seltsamer Gegenstand.

Endlich hatte der Professor Rosas Bericht zu Ende gelesen, befragte sie über einige ganz nebensächliche Punkte und schrieb mit Schwung „Sehr gut“ auf die erste Seite. Die aufgeblühte Henne Rosa stand auf, reichte dem Professor ihr Studienbuch und er wiederholte mit Vergnügen dieses Zeichen.

Rosa verstaute ihre blassviolette Mappe in einem Plastikbeutel. Dann erhob sie stolz ihren Kopf, murmelte etwas, das sich wie „Auf Wieder-sehen“ anhörte und stolzierte in ihren Sandalen durch den hallenden Flur davon. Der Professor nahm nun Rebas Bericht und öffnete ihn in der Mitte. Nachdem er die erstbesten Seiten gelesen hatte, erhob er seinen Blick von Rebas runden Buchstaben und fragte mit einem Nicken in Richtung des Dolches: „Und, was glaubst du, ist das für ein Ding?“

Reba zuckte mit den Schultern.

„Auf jeden Fall ein seltsames. Auf den ersten

Blick scheint es nutzlos. Man kann damit kaum schneiden. Es taugt höchstens, um es als Schmuck an die Wand zu hängen. Wie sind Sie denn darauf gestoßen, Professor?“

Professor Gas lächelte schuldbewusst. „Ich habe ihn gestern auf dem Flohmarkt gekauft, bei so einem Verkäufer, der mit allerlei Messern und Schwertern handelt.“

„Ah, den kenne ich! Aber so ein Ding habe ich bei ihm noch nie gesehen.“

Professor Gas machte eine bedeutungsschwere Geste.

„Sein seltsames Aussehen ist nicht das Wichtigste, liebe Reba. Was mich am meisten verblüfft, ist das Metall, aus dem seine Klinge besteht!“

„Aus welchem denn?“, fragte sie gespannt.

„Aus amorphem Stahl!“

Reba hatte natürlich nie von einem Stahl gehört, den man amorph nannte, deshalb fragte sie vorsichtig: „Wie haben Sie das herausgefunden?“

„Diese Legierung hat eine enorme Leitfähigkeit und ist in hohem Maße wasserstoffdurchlässig.“

Reba machte ein nachdenkliches Gesicht. Sie wollte um keinen Preis ihr Unwissen zeigen.

„Und das bedeutet“, fuhr der Professor fort, „dass dieses Metall eine sehr hohe Beständigkeit gegen Korrosion in aggressiver Umgebung hat!“

„Und ein gewöhnliches Messer braucht das nicht“, sagte Reba und freute sich, dass sie die Gedanken des Professors erraten hatte.

„Eben!“, sagte Professor Gas und wendete den Dolch hin und her. „Wozu sollte man so viel Mühe, so viel komplizierte Technologie darauf verwenden, nur um einen Dolch herzustellen?“

Reba machte ein verständnisvolles Gesicht.

„Und woher hatte der Verkäufer dieses Ding?“

Der Professor zuckte verlegen mit den Schultern.

„Warum bin ich nicht gleich darauf gekommen, ihn danach zu fragen?!“

„Diesen Sonntag findet ein Trödelmarkt im Nachbarstädtchen statt. Man könnte hinfahren und fragen, der Messerhahn ist doch jedes Mal dabei.“

„Möglich“, stimmte ihr der Professor zu. Vielleicht wird das die Sache etwas aufklären.“ Er rückte seine Brille zurecht und wandte sich wieder Rebas Bericht zu. Endlich kam er zum großartigen letzten Kapitel, las es gründlich durch und gab ihr ein „Sehr gut“.

Reba verließ das Universitätsgebäude mit einem tiefen Gefühl der wohlverdienten Freiheit. Das stille Städtchen wurde nach und nach lebhafter. Autos und Busse füllten die Straßen, lebhaft schnatternde Küken liefen an ihr vorbei.

„Was soll ich nun bloß an meinem ersten freien Tag machen?“, fragte sich Reba.

Sie ging erst mal zu einem Kiosk und kaufte sich ein Eis.

„Vielleicht sollte ich Tok vorschlagen, heute Abend ins Kino zu gehen? Was er wohl gerade treibt?“ Sie beschloss, ihn zu besuchen und nachzusehen. Der Tag schien sonnig zu werden, aber am Horizont konnte man auch dunkle Wolken vermuten. Als sie an Toks Tür klopfte, machte seine Nichte auf. Deren Eltern hatten dieses flinke Küken für den ganzen Sommer bei den Großeltern gelassen.

„Tok, für dich!“, piepste sie fröhlich und lief hinauf, um es ihm zu sagen.

Tok saß im Wohnzimmer an einem Tisch neben dem geöffneten Fenster und schrieb etwas schnell und schlampig ab. Ein Stapel bereits abgeschriebener Blätter lag neben ihm. Offenbar hatte diese kleine Zugluft sich schon erlaubt, mit seinen Papieren zu spielen, denn nun waren sie von irgendeinem schweren Ding abgesichert.

„Hallo!“, sagte Reba und schaute Tok über die Schulter. Tok war gerade dabei, einen fremden Bericht Wort für Wort abzuschreiben.

„Du traust dich ja was!“, wollte Reba sich schon aufregen, aber da erinnerte sie sich, wie sie selbst ihren Bericht geschrieben hatte und sagte nur: „Ich habe meinen Bericht schon abgegeben und du hast ihn gerade mal angefangen!“

„Was gibt’s denn? Hast du was vor? Ich bin dabei. Und dieser Quatsch“, er deutete mit einem Kopfnicken in Richtung seines Werkes, „der kann warten. Ich habe noch die ganze Nacht vor mir.“

Er legte sein aktuelles Blatt zu den übrigen und beschwerte sie wieder mit dem seltsamen Ding.

Reba traute ihren Augen nicht. Dieser Gegenstand war ein Dolch, und zwar eine Kopie von dem, den sie im Zimmer des Professors so genau betrachtet hatte.

„Tok, woher hast du das?“, fragte Reba verwirrt.

„Ach, das ist eine lange Geschichte...“, brummte der und fuhr fieberhaft mit dem Abschreiben fort.

„Sag nur“, beharrte Reba sanft, „hast du ihn vielleicht im Antiquitätenladen gekauft?“

„Ganz bestimmt! Nein, natürlich nicht. Ich habe doch mit Zok mein Praktikum in der Fabrik für Metallrecycling gemacht. Wenn du bloß gesehen hättest, wie viel Metall es dort gibt! Nicht nur in der Fabrikhalle, sondern auch drumherum. Vielleicht ein ganzes Fußballfeld voll, nur Metall, Metall und noch mal Metall! Alte Autos, irgendwelche kaputten Apparate und zerdrückte Eisengerüste. Wahnsinn! Und dieses Ding haben wir dort gefunden. Da war so eine Art Geländefahrzeug auf einem Luftkissen, so etwas habe ich noch nicht mal in Zeitschriften für Technik gesehen! Es hat auch gar nicht so alt gewirkt. Es hatte eine durchsichtige Kabine und innen drin lauter Hebel und Apparate. Wir haben einige der großen Metalltrümmer, die auf dem Ding lagen, wegschleppen können, aber die Kabine konnten wir trotzdem nicht aufkriegen. Dann haben wir versucht, wenigstens etwas davon abzumontieren.“

„Wozu?“, wollte Reba wissen.

Tok sah sie verständnislos an. Etwas abzumontieren, besonders wenn es eh schon zum Alteisen gehört, ist doch ein völlig normaler Wunsch eines jeden Hahns. Warum verstehen Hennen so etwas nicht?

„Na, einfach so halt“, sagte Tok schulterzuckend, „irgendetwas musste ich doch als Erinnerung mitnehmen. Aber leider haben wir es nicht geschafft, einen

Teil abzumontieren. Dafür konnten wir an einer Stelle diese zwei Dinger einfach so herausziehen."

„So eins habe ich heute bei Professor Gas gesehen", teilte ihm Reba mit.

„Was?! Zok war schon beim Professor?", erschrak Tok.

Reba grinste. „Natürlich nicht. Der Professor hatte es auf dem Flohmarkt gekauft."

„Ach ja, gut, richtig... Zok ist ja mit diesem Hahn verwandt, der die Messer verkauft."

Inzwischen hatte Tok endgültig die Lust verloren, den Bericht abzuschreiben. „Lass uns doch spazieren gehen", schlug er vor, „das Wetter soll gut werden!"

Aber als sie draußen waren, sah das gute Wetter nicht mehr ganz so toll aus. Die Sonne schien noch, aber von Nordwesten näherten sich unaufhaltsam dunkle Wolken. Eine sah besonders bedrohlich aus. Sie ähnelte einem aufgeblasenen Weinschlauch mit einer eigenartigen Schleife. In Rebas Kopf waren die schrecklichen Bilder aus dem Buch, das ihr Rosa während des Praktikums geliehen hatte, noch nicht verblasst. In dem Buch wurde von allerlei ungewöhnlichen Phänomenen berichtet, unter anderem von seltenen Wirbelstürmen und Tornados. Vielleicht hatte diese Wolke nichts mit solchen Erscheinungen gemeinsam, und doch...

Diese Wolke blieb nicht lange und überließ den Platz einer überaus dunklen Gewitterwolke, die nichts Gutes im Schilde führte. Unseren Freunden gefiel sie ganz und gar nicht, deshalb begleitete Tok Reba nach Hause. Dann ging er schnell selbst heim und machte sich wieder an die Arbeit.

Der Regen kam allerdings erst in der Nacht und am nächsten Morgen schien wieder die Sonne. Die Luft war noch sehr schwül. Die vom Regen gebeugten Pflanzen hatten sich wieder aufgerichtet und wuchsen mit voller Kraft weiter. Die Straßenkinder der Pflanzenwelt bedrängten die verwöhnten Blumenkinder in den Gewächshäusern.

Reba mühte sich den ganzen Morgen emsig mit dem Blumenbeet ab, bis sie es vollständig vom Unkraut befreit hatte. Nach dem Mittagessen rief Tok sie an. Er war gerade aufgestanden und wollte nun unbedingt von einem außerordentlichen Ereignis erzählen.

Auf dem Rückweg von ihrem gescheiterten Spaziergang entdeckte Tok einen jungen Hahn in seinem Garten. Der stand auf einem Holzklotz und hielt einen Stock mit einer Schlaufe in der Hand. Mit dieser Vorrichtung versuchte er, durch Toks offenes Fenster den Dolch herauszuholen. Als er Tok sah, sprang der Langfinger auf und verschwand wie der Wind durch ein Loch im Zaun.

Der Tag war windig gewesen und die Zugluft hatte alle seine bis dahin abgeschriebenen Blätter durcheinandergewühlt. Manche waren ganz unauffindbar, den noch größeren Teil hatte die kleine Nichte zertreten, die angelaufen kam, um zu „helfen“. So musste Tok wirklich die ganze Nacht durcharbeiten, um den Bericht von Zok abzuschreiben. Schließlich war Tok fast fertig. Es mussten nur noch einige Diagramme gezeichnet und der Umschlag entworfen werden. Um das zu feiern, schlug er Reba vor, zum See zu fahren.

Kaum fünf Minuten nach seinem Anruf war Tok bei ihr. Reba packte etwas lustlos ihre Sachen zusammen und sie brachen auf. Die Sonne brannte, aber Luft und Erde waren dermaßen feucht, dass kaum jemand in das regentrübe Schlammwasser steigen wollte. Nur ein paar ganz verzweifelte Hähnchen konnten nicht darauf verzichten.

Tok blies energisch zwei große Schwimmreifen auf. Leider wollte Reba nicht einmal in die Nähe des Wassers gehen. Also spazierte Tok alleine zum Ufer, während Reba es sich im Schatten einer großen, sehr alten und sehr schiefen Tanne bequem machte. Sie lag auf ihrer Strandmatte und beobachtete die wuselnden Ameisen, denen der gestrige Sturzregen nicht gerade wenige Probleme bereitet hatte. Die Tanne hatte in ihrem langen Leben eine ganze Menge Tannenzapfen produziert, die nun in großer Zahl um sie herum lagen. Reba nahm eine von ihnen in die Hand. Das war ein bemerkenswerter Zapfen. Schief und verbogen, wie er war, ähnelte er gleichzeitig dem Gesicht eines Geschöpfes aus einer Traumwelt. Reba beschloss, noch mehr verschiedene Zapfen zu sammeln, vielleicht ließe sich etwas Interessantes aus ihnen basteln. Sie erhob sich von ihrer Matte und begann, die Monster unter den Zapfen herauszusuchen.

Tok hatte schließlich keine Lust mehr, alleine zu schwimmen. Er zog seinen Reifen aus dem Wasser und wusch Sand und Algen von ihm ab. Plötzlich ließ er seinen Reifen fallen und rannte wie verrückt in Rebas Richtung. Vor Schreck fielen der Henne alle aufgesammelten Zapfen aus den Händen.

Da bemerkte sie, wie am Rand ihres Sichtfelds ein ganz junger Hahn von ihrem leichtfertig unbeaufsichtigt gelassenen Kleidungshäufchen in die Büsche sauste. Tok rannte ihm nach. Das Hähnchen lief in einem komplizierten Zick-Zack-Kurs, aber damit würde er Tok, den besten Läufer ihrer Gruppe, nicht überlisten können.

Bald war der junge Frechling eingefangen, Tok nahm ihm etwas weg und während er noch nachdachte, ob er ihn einfach so gehen lassen oder ihn noch mit einer Kopfnuss belohnen sollte, hatte der sich schon aus Toks Umklammerung herausgewunden und lief davon.

Der schnaufende Tok stapfte durch die Büsche und hielt ein Ding hoch. Das war wieder der rätselhafte Dolch!

„Warum hast du ihn denn mitgenommen?“, wunderte sich Reba.

„Weiß ich nicht, wahrscheinlich hat mir eine innere Stimme gesagt: ‚Tok, nimmt den Dolch mit, sonst wird dieser Dieb ihn dir klauen.‘“

Henne Reba musste lachen. Tok übergab ihr seinen Schatz und ging wieder zum Strand, um seinen Ring zu Ende zu säubern. Dann beschäftigten sich die beiden mit Rebas Tannenzapfen. Nach eingehender Prüfung mussten sie sich von dem größten Teil trennen und behielten nur die, die zu Rebas Komposition passen würden.

Langsam, aber sicher wollte der Tag wieder den Verlauf des gestrigen nehmen. Am Horizont tauchten wieder dickbäuchige Wolken auf. Ein frischer Wind spielte mit dem Schilfrohr und kräuselte die Wasseroberfläche.

Unsere Freunde gingen heim. Tok wurde zu Hause schon erwartet, und so ging Reba alleine weiter. Sie schlenderte durch die Straßen und schwang fröhlich ihre Badetasche hin und her.

Schräg gegenüber von Rebas Haus war ein Kükenspielplatz. Hier hatte Reba früher ihre schönsten Zeiten verbracht. Jeden Stein und Busch kannte sie hier. Deshalb machte sie immer einen kleinen Umweg, um nochmals bei der Schaukel vorbeizuschauen, von der sie mal auf die neuen Bänke gefallen war... Jetzt war der Spielplatz leer. Oder fast leer: Auf der äußersten Bank saß ein Junge und weinte. War das nicht der kleine Dieb, der versucht hatte, Toks geheimnisvollen Dolch zu stibitzen?

Der Junge war ungewöhnlich angezogen. Keiner der jungen Hähne würde so einen früher grellgelben, inzwischen aber schon recht schmutzigen Anzug tragen.

„Wahrscheinlich ist er aus der großen Stadt zu jemandem über die Sommerferien gekommen“, dachte Reba und ging zu ihm.

„Hat dich jemand gekränkt?“, fragte die Henne.

Der kleine Hahn schüttelte den Kopf.

„Und warum weinst du dann?“, ließ Reba nicht locker. „Bald wird es regnen. Am besten, du gehst jetzt nach Hause. Dort wartet man doch bestimmt schon auf dich.“

Der kleine Hahn weinte nur noch stärker. Reba betrachtete den jungen Dieb genauer. Das war offensichtlich ein sehr „häuslicher“ Junge und doch war er ganz dreckig und zerknittert.

Reba dachte erschreckt: „Wahrscheinlich ist er von zu Hause fortgelaufen!“

„Warum wolltest du Toks Dolch klauen?“, begann Reba vorsichtig das Verhör.

„Er gehört mir“, antwortete der Junge aufschluchzend.

„Ein seltsames Ding. Wozu brauchst du ihn denn überhaupt?“

„Brauche ihn“, der kleine Hahn weinte noch lauter, „ich brauche ihn halt!“

„Na, na“, sagte Reba unschlüssig. „Hör auf zu weinen. Wie wäre es, wenn du erstmal mit zu mir nach Hause kommst, dich wäschst und mir erzählst, wozu du ihn brauchst. Dann können wir zusammen überlegen...“

„Ich darf nicht“, rief der Junge durch Tränen. „Ihr dürft nichts erfahren! Nichts werde ich euch erzählen! Geh weg, Henne!“

Reba war beleidigt.

„Dann bleib eben hier sitzen, du kleiner Wichtigtuer!“

Sie überquerte die Straße, öffnete das Gatter und blickte sich um. Der Wind wurde stärker, der Himmel verdüsterte sich. Bald würde es Regen geben.

Reba stieg die Treppen zu ihrem Zimmer hoch. Übers Dach trommelten die ersten Regentropfen. Nach einem kurzen Ansturm ließ der Regen scheinbar nach, nur um dann wieder mit voller Wucht niederzuprasseln.

Reba guckte aus dem Fenster. Auf dem Kükenspielplatz saß immer noch auf derselben Bank der trotzige Junge. Er hatte sich unter dem kalten Regenguss zusammengekauert und versuchte nicht einmal, unter dem Vorhaus zur Rutsche Zuflucht zu suchen. Das gefiel unserer Reba ganz und gar nicht. Sie ging nach unten, zog Opas alte Gummistiefel an, nahm Omas Regenschirm und ging in den Regen hinaus.

Der Junge schaute unglücklich und tat so, als ob er Reba nicht sehen würde.

„Willst du nass und krank werden und sterben?“, schrie Reba. „Komm mit, ich werde dich auch nichts fragen!“

Der kleine Hahn drehte den Kopf in die andere Richtung. Reba näherte sich ihm von der anderen Seite.

„Soll ich dir vielleicht eine hauen?“

„Warum?“, fragte er erstaunt.

„Einfach so. Du hast ja eh vor zu sterben. Wirst hier schön wie ein Gladiator liegen mit einem heldenhaften blauen Auge. So siehst du bloß wie eine nasse Henne aus!“

Der Junge drehte sich wieder in die andere Richtung.

„Also, bist du bereit?!“

„Nein, lieber nicht“, antwortete er mit klappernden Zähnen.

„Du kannst also doch vernünftig denken! Komm ins Haus! Ich bitte Tok und er gibt dir deinen Dolch wieder! Keine Angst, ich werde dich auch nichts fragen. Ich weiß auch, wo der zweite Dolch ist. Also komm jetzt!“

Der kleine Hahn wirkte immer noch unschlüssig. Reba hob ihn am Kragen hoch, stieß ihn mit dem Knie in Richtung Haus und er setzte sich unwillig in Bewegung.

Im Flur tropfte ein ganzer See auf den Boden. Reba zog ihre Stiefel aus und stellte den Regenschirm zum Trocknen auf.

„Macht nichts“, sagte Reba, „das wisch ich später auf.“

Sie stiegen zu ihrem Dachzimmer hinauf. Reba holte einen Frotteemantel.

„Zieh deine nassen Sachen aus, du kannst den Bademantel hier haben.“

„Ich ziehe keinen Hennenmantel an“, sagte der Junge trotzig.

„Du bist mir vielleicht ein Sturkopf. Gut, ich bringe dir den vom Großvater.“

Nachdem Reba sichergestellt hatte, dass er den

Mantel angezogen hat, warf sie seine nassen Sachen in die Waschmaschine und machte einige Butterbrote mit Honig und Tee mit Himbeermarmelade.

Der Junge verschlang sie, als hätte er seit einer Woche nichts gegessen. Gierig warf er sich auf alles, was Reba ihm vorsetzte. Irgendwann konnte er nicht mehr und ließ auch den Tee halb ausgetrunken stehen.

„Ich hoffe, dein Name ist kein Geheimnis. Ich heiße Reba, und du?“

„Lao“, sagte der kleine Hahn. „Mehr dürft ihr nicht erfahren! Ich darf euch nichts erzählen!“

„Ihr lernt nicht zufällig die Papageiensprache in der Schule?“, fragte Reba.

„Nein“, wunderte sich Lao, „eigentlich nicht.“

„Und warum schnatterst du dann wie ein Papagei immer den gleichen Unsinn: darf nicht, darf nicht. Te-te-de-de, te-te-de-de. Ich habe doch gesagt, dass ich dich nicht ausfragen werde, also werde ich’s auch nicht tun. Ich werde dir selbst alles erzählen! Also, hör zu! Du brauchst die zwei Teile, die wie Dolche aussehen. Tok hat sie von dieser Maschine auf dem Schrottplatz herausgenommen. Den zweiten Dolch hat der Professor. Das ist schon schwieriger. Lass uns erst mal drüber schlafen. Oh, du schläfst ja schon!“

Lao schlief tief und fest auf dem kleinen Sofa. Reba holte seine gewaschenen und getrockneten Sachen und bügelte sie.

„Morgen werde ich mich erkundigen, ob es Meldungen über vermisste Küken gibt“, dachte Reba.

Aber wie mit einem sechsten Sinn ahnte Reba, dass es keine Meldungen geben würde. Alles war sehr, sehr seltsam. Nur eins war klar: Lao hatte das Fahrzeug entführt. Dabei konnte er es wahrscheinlich gar nicht richtig bedienen. Aus unerfindlichen Gründen war diese Maschine unter einem Haufen Alteisen auf dem Fabrikgelände gelandet. Reba bog den an der Innennaht befestigte Stoffstreifen in die lesbare Richtung. Neben den Waschanweisungen, die auch irgendwie anders waren als die gewohnten, gab es allerlei seltsame Streifen und Punkte.

Nachdem sie alles gebügelt hatte, hängte sie seine Sachen auf eine Stuhllehne und nahm sich ein Buch. Der Regen war vorbei, nur noch vereinzelte Regentropfen klopften auf das Dach. Das Buch fesselte Reba nicht wirklich, zu viele Gedanken gingen ihr durch den Kopf. Woher kam dieser kleine Hahn bloß?

Am Morgen, als Lao noch schlief, rief Reba den Professor und Tok an. Tok war natürlich nicht begeistert davon, dass man ihn so früh geweckt hatte. Aber eigentlich hatte ihn seine kleine Nichte schon vorher geweckt. Sie konnte einfach nicht verstehen, warum ihr Onkel so lange schlief, wenn sie doch schon wach war und niemanden zum Spielen hatte.

Nachdem Reba auch Lao geweckt hatte, ging sie nach unten und machte Frühstück. Lao wusch sich und zog die frischen Sachen an, danach ging er nach unten in die Küche. Er saß sehr aufrecht am Tisch, trank vorsichtig seinen Tee und baumelte auch nicht mit den Beinen. Ein braver Junge wie aus dem Bilderbuch!

Endlich kam auch Tok und sie gingen zu dritt zur

Uni. Wieder empfingen sie die ungewohnt leeren Gänge. Aber die beiden Hähne, die hinter ihr gingen, erzeugten so viel Lärm, dass es Reba einen Moment lang vorkam, als wären die Ferien wieder zu Ende und die Universität voller Studenten.

Im Büro des Professors nahm Reba Toks Dolch und legte ihn auf den Tisch des Professors. Professor Gas legte die beiden Stücke schön nebeneinander und sagte: „Reba, du wolltest uns etwas erzählen?“

Reba ging zum Tisch und, als würde sie gerade ihre mündliche Prüfung ablegen, fing sie an: „Am besten könnte Lao alles selbst erzählen. Aber aus nicht näher bekannten, streng geheimen Gründen darf der kleine Hahn uns nichts sagen. Uns zuzuhören wird ihm aber, glaube ich, nicht verboten sein, da wir die einzigen sind, die ihm helfen können. Nun, ich erzähle euch also, wie ich die ganze Situation verstehe. Lao ist zu uns aus einer anderen Welt gekommen. Vielleicht aus dem Weltall oder aus einer Parallelwelt, vielleicht aus der Vergangenheit oder aus der Zukunft. Er ist mit einem ungewöhnlichen Fahrzeug gereist, das nicht unähnlich einem Geländemobil mit einem Schlauchboot ist, wenn ich Tok richtig verstehe. Das Fahrzeug hat er, ohne zu fragen, genommen, wahrscheinlich von seinem Vater. Meinen Überlegungen zufolge ist dieses Ding vermutlich eine Zeitmaschine und er ist aus der Zukunft gekommen. Er konnte sie nicht richtig steuern und ist deshalb auf dem Gelände der Fabrik gelandet.“

„Das Fahrzeug war vollständig unter Alteisen begraben“, fügte Tok hinzu.

„Ich habe gelesen“, sagte Professor Gas, „dass bei Versuchen mit Supraleitern angeblich Störungen im Fluss der Zeit aufgetreten sind. Dann ist das vielleicht kein Luftkissen, Tok, sondern ein Supraleiter in einer Hülle mit flüssigem Gas. So ein Supraleiter kann ein sehr starkes Magnetfeld erzeugen.“

„Ah! Deshalb klebte da so viel Eisen daran!“, rief Tok.

„Wie dem auch sei“, fuhr Reba fort, „Tok und sein Freund entnahmen der Maschine Bauteile, diese zwei sogenannten Dolche. Ohne diese funktioniert die Zeitmaschine nicht und so kann Lao nicht nach Hause!“

„Wahrscheinlich haben wir sogar richtig gehandelt! Wenn er das Ding nicht steuern kann, hätte er irgendwo bei den Dinosauriern landen können, wo sie ihn dann gefressen hätten!“ Tok machte schrecklich große Augen.

Reba wischte Toks Bemerkung mit einem Flügelschlag beiseite.

„Tok, rede keinen Unsinn! Wir müssen Lao helfen. Erstens müssen wir in dieser Fabrik anrufen und sagen, dass sie die Maschine nicht auseinandernehmen dürfen. Nicht dass da noch ein paar auftauchen, die sich etwas „als Erinnerung“ abmontieren wollen. Jemand wird mit Lao in diese Stadt fahren müssen und mit dem Chef der Fabrik sprechen, schließlich befindet sich die Maschine immer noch auf ihrem Gelände.

„Wahrscheinlich werde ich das sein“, sagte Tok mit stolzgeschwellter Brust. „Nur mache ich mir Sorgen, ob Lao es schaffen wird, die Maschine alleine zurückzubringen. Wird er es wieder in seine Zeit zurückschaffen?“

„Willst du vielleicht zusammen mit ihm in die Zukunft reisen?“, fragte Reba.

In diesem Moment hörten sie Schritte, die mit schallendem Klacken näher kamen. Jemand klopfte kurz an der Tür. Professor Gas hatte noch nicht ein Wort gesagt, als die Tür aufging und eine Henne an der Türschwelle stand. Sie sah Rosa ähnlich, jedenfalls ihrem Gesichtsausdruck nach. Aber im Gegensatz zu Rosa war diese Henne tatsächlich rosafarben!

„Guten Tag!“, sagte sie in so einem Ton, als hätte sie „Aha! Jetzt hab ich euch!“ gemeint.

„Guten Tag“, antworteten die Anwesenden verdutzt.

Die eingebildete rosafarbene Schnepfe sah Reba kritisch an und schnaubte abschätzig. Dann sah sie Lao an.

„Was schaust du so, du Spaßvogel? Du hast mein Chrono-Car geklaut! Und jetzt sitzt du hier, heulst Rotz und Wasser und hoffst, dass dich jemand rettet? Warte nur, zu Hause kannst du was erleben!“

Lao zuckte zusammen.

Und Tok starrte so begeistert auf diese respektlose Henne, als hätte sie ihm gerade die richtige Antwort bei einer Mathematikprüfung vorgesagt. „Sind sie wirklich aus der Zukunft?“, fragte er mit verhaltenem Atem.

„Ja, meine hochverehrten Ururgroßväter und Ururgroßmütter“, lachte die unverschämte Henne. Sie sah sie mit demselben geringschätzigen Blick an, mit dem ein Grundschüler die im Sand spielenden Kindergartenküken betrachtet.

Während Reba noch überlegte, was sie sagen könnte, um diese eingebildete rosafarbene Schnepfe auf ihren Platz zu verweisen, fing Tok wieder an: „Und warum hat Lao die ganze Zeit wiederholt, dass er uns nichts sagen darf? Hätten wir nicht wissen sollen, dass er aus der Zukunft kommt? Und womit hängt das zusammen? Hat man bei euch Angst, dass wir vorzeitig herausfinden, wie man in der Zeit reist? Oder kann das Veränderungen in eurer Geschichte bewirken? Und warum sagen Sie dann so freimütig, dass Sie aus der Zukunft kommen?“

Die rosa Henne wirkte verwirrt.

„Na also!“, dachte Reba, „Du tust nur so neunmalklug, in Wirklichkeit hast du keinen blassen Schimmer!“

„Sagen darf man das freilich nicht.“ Sie warf Lao einen zornigen Blick zu. „Aber noch verbotener ist es, ohne Erlaubnis das Chrono-Car der Schwester zu nehmen, noch dazu, wenn man keinen Chrono-Führerschein hat! Aber ich werde alles in Ordnung bringen. Ihr werdet vergessen, dass euch jemand aus der Zukunft besucht hat.“

„So“, brummte Reba, „zuerst lässt unsere schludrige Urenkelin ihr Chrono-Car ohne Aufsicht stehen und verletzt dann auch noch unsere Persönlichkeitsrechte. Ohne unser Einverständnis unser Gedächtnis löschen? Nein, danke! Jemand sollte ihr den Chrono-Führerschein entziehen!“

Die rosafarbene Henne bedachte Reba mit einem missbilligenden Blick.

„Glotz so viel, wie du willst!“, dachte Reba. „Ich bin gegen solche Blicke immun! Rosa wirft manchmal bis zu fünf Mal am Tag mit solchen Blicken um sich!“

Die rosafarbene Schwester wandte sich Tok und dem Professor zu und sprach, wobei sie Reba mit Absicht ignorierte.

„Habt bitte keine Angst. Das wird lediglich eine Pseudohypnose sein, euer Gedächtnis wird nicht wirklich gelöscht. Ihr werdet lediglich denken, dass ihr einen seltsamen Traum hattet, der so lächerlich ist, dass ihr ihn nicht weitererzählen wollt. Ich bitte euch! Sonst muss ich Laos Dummheiten ausbaden!“

Sie packte den zaudernden kleinen Hahn am Kragen und stupste ihn mit dem Knie in Richtung Tür. Dann legte sie mit einer eleganten Bewegung eine bunt schillernde Kugel auf den Tisch des Professors.

„Richtet euren Blick bitte auf die Kugel“, bat sie höflich.

„Nein!“, rief Reba, „Das ist nicht fair! Ich will nicht! Nein!“

„Reba!“, sagte der Professor vorwurfsvoll.

„Nein!“, rief Reba und kniff die Augen ganz fest zusammen.

Die Tür knallte zu, in der Ferne hallten Schritte, die immer leiser wurden. Dann hörte sie plötzlich einen seltsamen Knall.

Reba machte ein Auge auf. Die schillernde Kugel war geplatzt und die Wirklichkeit löste sich wie in Rauch auf.

„Du kommst wahrscheinlich, um deinen Bericht abzugeben?“, fragte der Professor Tok.

„Genau!“, rief Tok, kramte umständlich sein Werk aus der Tasche und legte es auf den Tisch. Der Professor nahm das Manuskript in Empfang und vertiefte sich darin.

„Kann der Professor wirklich Toks Handschrift lesen?“, wunderte sich Reba. Als sie den Professor näher betrachtete, wurde ihr klar, dass dieser nur herauszufinden versuchte, ob Toks Schrift mehr der Keilschrift, den Hieroglyphen oder der Knotenschrift ähnlich sah. Offenbar wurde ihm aber bald klar, dass dieses Rätsel seinem wissenschaftlichen Ansatz für immer verschlossen bleiben würde, schrieb eine Note auf die erste Seite und gab Tok den Bericht wieder. Auf dem Umschlag stand „Sehr gut“!

Als sie die Universität verließen, blieb Tok stehen und sagte: „Reba, ich hatte heute Nacht so einen seltsamen Traum...!“

Der Krug

Wisst ihr eigentlich, dass Henne Reba eine richtige Stubenhockerin ist? Jedenfalls denkt sie das von sich selbst. Natürlich bedeutet das ganz und gar nicht, dass sie den ganzen Tag zu Hause sitzt und die Welt nur aus dem Fenster kennt. Sie liebt eben ihre Straße, die gemütliche kleine Stadt und die schöne Landschaft dieser Gegend. Es gibt ja in der Nähe noch so viel Wunderbares, Rätselhaftes und Unerforschtes, wozu muss man da weit wegfahren?

Aber wenn sich nach den Ferien alle wieder treffen und erzählen, wie toll sie sich doch an den heißen Stränden exotischer Länder erholt haben, kann Reba nicht mitreden. Niemand lässt sich von den Abenteuern in ihrem Heimatstädtchen beeindrucken.

Vielleicht aus diesem, vielleicht auch aus einem anderen Grund, jedenfalls beschloss Reba dieses Jahr auf Reisen zu gehen.

In den nächsten Tagen studierte sie die bunten Kataloge der verschiedenen Reiseagenturen, konnte sich aber einfach nicht entscheiden. Das klang gut und das da auch, und das dort erst recht! Sollte sie nicht doch lieber zu Hause bleiben? Was tun...? Schließlich machte Reba die Augen zu, nahm den erstbesten Katalog und schlug eine beliebige Seite auf. Dorthin würde sie fliegen!

Lange schon ist die Bestätigung des Reisebüros gekommen und heute ist der Tag, an dem sich Reba seit dem frühen Morgen auf ihre weite Reise vorbereitet. Für ganze zwei Wochen fährt sie weg! Und wenn jemand zu so einer langen Reise aufbricht, muss er sich gründlich vorbereiten. Das dachte Reba jedenfalls. Tok würde den ganzen Tag keinen Finger rühren. Und schließlich, fünf vor zwölf, würde er panisch werden. Dann würde er alles, was ihm in die Hände fällt, hastig in seine Tasche stopfen und kopflos zum Bus laufen.

So etwas war gar nicht nach Rebas Geschmack. Da packte sie lieber beizeiten ihren schweren Koffer. Das darf man nicht vergessen und das auch nicht... Einiges würde sie auch dort kaufen können…

Endlich brachte der große rote Bus Reba und die anderen Wandervögel zum Flughafen. Hier begrüßte sie ein munterer, flinker Reiseführer, der alles sehr fachhähnisch organisierte.

Es war Rebas erste Reise mit dem Flugzeug und so war alles neu für sie. Zuerst erwartete Reba mit ängstlicher Gespanntheit den Abflug. Als der Flieger schließlich startete und abhob, wartete sie noch eine Zeit lang mit verhaltenem Atem auf etwas Außergewöhnliches, Geheimnisvolles. Doch die Triebwerke brummten nur eintönig und man mochte kaum glauben, dass man sich in einer unvorstellbaren Höhe befand. Die anderen Touristen saßen unaufgeregt in ihren Sitzen. Es wollte sich einfach nichts Außergewöhnliches ereignen.

Dann kam die Flugbegleiterin und gewann gleich Rebas Respekt durch ihr strenges und zugleich festliches Aussehen. Sie erklärte lang und breit, wie man die Sauerstoffmasken und die aufblasbaren Rutschen für den Fall einer Notlandung zu benutzen hat. Sie hatte noch viele andere uninteressante Dinge zu erzählen. Nachdem die Flugbegleiterin ihre Rede beendet hatte, verschwand sie, kam aber kaum eine Minute mit ihrer Kollegin wieder, um Getränke zu servieren.

Ohne den Passagieren auch nur die geringste Chance zu geben, sich zu langweilen, gingen die Flugbegleiter zur Fütterung über. Henne Reba schaute den anderen zu, um keinen peinlichen Fehler zu machen.

Nach der Landung trieb sie der Reiseführer zusammen. Diesmal mussten sie in einem grünen Bus, der schon bessere Tage gesehen hatte, Platz nehmen. Der Bus ächzte, brachte sie aber wohlbehalten zu ihrem Ziel.

Im Hotel teilte Reba ein Zimmer mit einer sympathischen Henne namens Blacky. Blacky war eine erfahrene Touristin und Reba brauchte sich nur an sie zu halten und ihren Ratschlägen zu folgen.

Jeder angehende Tourist wird natürlich von der Unzahl an Museen, bedeutenden Bauwerken und anderen Sehenswürdigkeiten überwältigt. Nach einer Woche fing das Ganze allerdings an, Reba zu ermüden. Es schien ihr so, als würde sie sich im Kreis bewegen und nun dieselben Museen und Sehenswürdigkeiten zum zweiten Mal besichtigen.

Reba beschloss, aus diesem Hamsterrad auszubrechen. Nach der planmäßigen Exkursion für diesen Tag brach sie alleine in die Stadt auf – natürlich, um einen Antiquitätenladen aufzusuchen.

Schließlich entdeckte sie ein Antiquariat. Es befand sich in einem sehr alten und ungemütlichen Gebäude. Ein aufdringlicher, unangenehmer Geruch begrüßte sie im Inneren. Die Wände waren mit schmutzigen, vor Urzeiten einmal bemalten Brettern beschlagen, von denen die Farbe immer mehr abblätterte. Überall lagen unordentliche Haufen von Glöckchen aus Zinn oder Bronze, vermischt mit anderem Alteisen.

Und die Preise konnten sich sehen lassen! Sie schienen auf sehr reiche Touristen ausgelegt zu sein, die dieses Geschäftchen aber wohl ignorierten. Mit einem Blick erfasste Reba das ganze armselige Warenangebot und seufzte. Es gab einfach nichts Spannendes. Aber etwas Antiquarisches musste sie doch kaufen, sonst hätte sie ja gar kein echtes Andenken an diese antike Stadt.

Unter dem achtsamen Blick der Besitzerin wühlte sie in dem Krimskrams, bis sie schließlich einen kleinen Bronzekrug fand. Gut gereinigt und lackiert wäre er durchaus annehmbar. Außerdem war er erheblich preiswerter als die schmutzigen bemalten Leinwände an der Wand.

Nachdem sie bezahlt hatte, warf sie den Kauf in

ihr Täschchen und verließ schleunigst den Laden. Bis zum Abendessen war noch viel Zeit und sie beschloss, bis dahin etwas durch die Stadt zu bummeln. Zuerst ging sie den Stadtplatz ab, betrachtete die Auslagen in den Geschäften, fand aber nichts, was sie kaufen wollte, und bog dann in eine kleine Seitengasse ein. Auf diesem staubigen und gewundenen Weg kam Reba zu einer traurigen, verwunschenen Ruine. Diese verfallenen Überreste aus der Urzeit waren vielleicht irgendwann einmal prächtige Häuser oder ein Schrein gewesen. Jetzt standen da nur noch eine einzelne Wand und zwei Säulen, zwischen denen ein ansehnlicher Distelstrauch wuchs.

Vorsichtig betrat Reba die Ruine. Ringsherum steckten wie gebrochene Zähne Steine in der Erde – die Überreste der Mauern. Die einzige verbliebene Wand bot auch keinen aufregenden Anblick. Reba ging näher an die Säulen heran. Deren raue, vom Regen zerfressenen Steine waren mit geheimnisvollen, fast verwitterten Inschriften bedeckt. Die Säulen standen eng beieinander. Nur ein magersüchtiges Hühnchen könnte hindurchgehen.

„Seltsam“, dachte Reba, „man baut Säulen doch als Stützen für ein Gebäude und da hat es natürlich keinen Sinn, sie sehr nah aneinanderzureihen“

Sie ging um die Säulen herum und stocherte etwas in dem verwitterten Gestein. Dann schob sie den sehnigen Distelstrauch leicht zur Seite und presste sich zwischen die Säulen. Sofort veränderte sich etwas. Von den Farben blieb nur eine Vielzahl von Schattierungen, die durch die Vermischung von Weiß und Schwarz entstanden waren. Vor Reba lag die Graue Welt.

Sie machte einen Schritt nach vorn und schaute

sich um. Aus den Augenwinkeln sah sie zwei verschwommene Schatten, das waren die zwei Säulen, zwischen denen sie hindurchgegangen war.

Wohin Reba auch ihren Blick wendete – alles war grau. Keiner dieser Grautöne erreichte das reine, leuchtende Weiß oder die dichte Schwärze vollständiger Finsternis. Dafür gab es eine Unzahl Variationen der Farbe Grau. Reba hätte nie geahnt, dass Grau solch ein riesiges Spektrum an Schattierungen hatte: sandgrau, perlgrau, dunkelgrau, lichtgrau, polargrau, quarzgrau, titangrau, basaltgrau, rauchgrau... Würde man sie alle aufführen wollen, wäre man am Ende seiner Aufzählung selbst ganz altersgrau.

Reba streckte einen Flügel aus. Sie selbst war auch ganz vom Grau durchtränkt! Außerdem strahlte ihr Körper einen neblig grauen Schein aus, in dem die Grauschattierungen ineinander überflossen.

Aber abgesehen vom Fehlen der Farben Schwarz und Weiß ähnelte diese Welt auch nicht dem, was wir an einem nebligen Morgen sehen, wenn alle Farben stumpf werden, die Konturen verwischen und ins Bläuliche spielen. Nein, bald nahm Reba alles sehr scharf wahr, wenn sie den Blick nach vorne richtete. Nur an den Seiten ihres Blickfelds verschwamm alles zunehmend, als würde sie durch einen Wasserstrahl schauen.

Kaum hatte Reba einige Schritte in dieser bizarren grauen Welt getan, da sprang sie jemand an.

Nein, niemand renkte ihr die Flügel aus oder stülpte ihr einen Sack über den Kopf. Der Angreifer war auch nicht zu sehen. Aber es war für Reba sofort klar, dass sie angegriffen wurde. Etwas erschien in ihrem Kopf, das sie vor Angst erschauern ließ. Etwas Seltsames und Fremdartiges ließ sich scheinbar in einem Teil ihres Gehirns nieder.

„Wer ist da?", fragte Reba unsicher.

„Wenn hättest du denn gern?", fragte das Wesen, das sich in ihrem Kopf eingenistet hatte.

„Was machst du in meinem Gehirn?", fragte Reba ihre Angst vergessend. „Komm da sofort raus!"

„Natürlich!", antwortete es ihr gehässig, „Gleich komm ich raus! Hi-hi-hi!"

„Wer bist du und was willst du von mir?"

„Wer werde ich wohl sein? Bis jetzt noch niemand. Nur ein Lebenswunsch. Ein kleiner, klitzekleiner Lebenswunsch."

„Du! Du willst meine ganze Lebensenergie aussaugen?!", erschrak Reba.

„Sicher, das fehlt mir gerade noch. Dann würden wir beide gleichzeitig sterben. Nein, meine Liebe, diese Energie werden wir zusammen anderen wegnehmen! In Teamarbeit. Unter meiner feinfühligen Führung wirst du ein echter Energievampir werden!"

„Und wenn ich keine Lust habe, solche abscheulichen Dinge zu tun?", wandte Reba ein.

„Glaub mir, du wirst es wollen, und wie! Du bist jetzt vollkommen in meiner Gewalt. Ohne mich wirst du hier nie mehr herauskommen. In dem Moment, in dem du dich zwischen die Säulen gezwängt und die Graue Welt betreten hast, wurdest du zur Sklavin dieses Bronzekrugs, den du leichtsinnigerweise im Antiquariat gekauft hast. Ich bin der mächtige Geist, der diesen Krug bewohnt! He-he-he. Gut, ich war ein mächtiger Geist.

Tja... In den Jahren meiner unfreiwilligen Untätigkeit verlor ich meine ganze wertvolle Energie. Nur der Wunsch ist geblieben...“ Der Geist keuchte ein bisschen.

„Und ich habe in Märchen gelesen, dass ein eingekerkerte Geist aus einem Gefäß dem gehorcht, der es erwirbt“, meinte Reba.

„Wie, gehorcht?“, wunderte sich das Wesen.

„Na, zum Beispiel indem er Schlösser baut oder Städte zerstört“, schlug Reba unsicher vor.

„Tja, Märchen halt, und zwar dumme! Überleg doch mal. Wie kann ich dir Schlösser bauen, wenn ich keine Hände und keine Beine habe? Ich kann nur jemanden dazu bringen. Und wozu brauche ich Schlösser? Wenn wir genügend Energie gesammelt haben, werde ich dich freilassen und vielleicht sogar belohnen! Na, ist das nichts?“

„Hm“, seufzte Reba, „ein mächtiger Geist, von dem nur noch ein Wunsch geblieben ist. Hast du wenigstens einen Namen oder ist der auch eingetrocknet?“

„Ja, ich habe einen Namen, aber verraten werde ich ihn dir nicht. He-he-he. So ist es, meine Liebe, sonst... Nein, ich sage besser nichts. Es gibt solche hinterhältigen Hühner...“

„Aber irgendwie muss ich dich ja anreden.“

„Das ist deine Sache, nenn mich, wie du willst.“

Reba dachte nach. „Ich werde dich Zecke nennen. Einverstanden?“

„Ist mir egal. Dann halt Zecke.“

„Hör zu, Zecke, was ist das für eine seltsame

graue Welt, in die ich hineingeraten bin?“

„Ach das“, schnaubte der Geist aus dem Krug, „Das ist gar keine richtige Welt, das ist nur eine Zwischenschicht, eine Schicht zwischen den Welten. Eine Art Hyperraum, in dem es nur dreieinhalb Dimensionen gibt.“

„Verstehe ich nicht. Wir leben doch im dreidimensionalen Raum. Wo soll da noch eine halbe Dimension dazukommen?“

„Aus welcher Klasse bis du in der Schule rausgeflogen?“, fragte Zecke bissig.

„Ich bin überhaupt nicht rausgeflogen!“, empörte sich Reba. „Ich bin schon Studentin an der Universität!“

„Na so was. Und dabei sagst du, dass du im dreidimensionalen Raum lebst. Hat man dich etwa zu einer Rolle zusammengewickelt und im Regal verstaut? He-he-he! In einem vierdimensionalen Raum lebst du – drei Raumdimensionen und eine Zeitdimension!“

„Und wie ist es dann hier?“

„Hier, meine Liebe, existiert nur eine Hälfte der Zeit, wir sind ja in einer Zwischenwelt. Ich habe es dir doch eben erklärt! Wenn du dich hier nach vorne bewegst, gelangst du in die Zukunft, wenn du zurück gehst, kommst du in die Vergangenheit. Wenn du auf der Stelle stehst, vergeht die Zeit gar nicht. Hier ist nur die Hälfte der Zeit im Spiel. Die andere Hälfte ist auf die Raumkoordinaten verteilt.“

„Und wenn ich seitwärts gehe?“

„Dann gelangst du in das Unbestimmte!“

„Und was ist das?“

„Wie neugierig du bist! Wenn wir so weiter machen, können wir bis in die Ewigkeit diskutieren. Aber ich brauche frische Energie. Meine Liebe, wir sollten jetzt an die Arbeit gehen!“

Natürlich murrte und diskutierte Reba noch eine Weile, aber was kann man schon tun, wenn einem so ein Widerling im Kopf sitzt? Also gingen sie los. In dieser grauen Welt war die Stadt kaum wiederzuerkennen. Der Teil der gewöhnlichen Welt zerfloss hier in befremdlichen grausilbernen Farben.

Vorsichtig ging Reba nach vorn. Selbst Zecke wurde leiser. Auch er fühlte sich unsicher im Labyrinth dieser grauen Häuser. Offenbar hatte sich die menschliche Zivilisation während der Zeit, in der er in seinem bronzenen Gefäß gesessen war, erheblich verändert. Was er da durch Rebas Augen sah, erstaunte ihn doch sehr.

Nachdem Reba sich etliche Beulen zugezogen hatte, weil sie überall anstieß, fand sie heraus, wie sie sich in dieser seltsamen Welt zu bewegen hatte. In der Grauen Welt drehte sich alles um die Bewegungen von Subjekten und ihrem Zielvektor. Man bestimmt ein Ziel und die Welt um dich herum wird gleich lebendig, der Rest der Zeitkoordinate saust nach vorne, als wollte sie deine Schritte überholen.

Reba bewegte sich nach vorne und zurück und machte kleine Seitwärtsschritte. Endlich erreichten die frischgebackenen Energievampire den Stadtplatz. Schummerig strahlende Schatten von Hähnen und Hennen schlichen hier vor und zurück.

„Wir sehen von hier nur die Auren“, kam Zecke

ihrer Frage zuvor.

„Das heißt, wenn ich von hier nur die Auren anderer Leute sehe, dann bin ich für sie unsichtbar!“

„Richtig, richtig. Und jetzt lass uns an die Arbeit gehen!“, sagte der kleine Energievampir.

„Wie denn?“, fragte Reba unwillig.

„Ganz einfach. Wir brauchen Mengen. Wo viele Leute auf engem Raum sind, stoßen sich alle, sind ärgerlich und stören einander. Wichtig ist, dass ihre Auren zusammenstoßen, sich verformen und verzerren.“

„Hmm... Geht eine Bushaltestelle?“

„Probieren wir es mal. Dazu musst du wieder in deine Welt zurück. Such mal ein finsteres Plätzchen.“

Reba fand mit Mühe einen dunklen Spalt zwischen den Häusern, in den sie sich zwängte. Einen Augenblick später war die Graue Welt verschwunden!

„Denk nicht, dass du von mir davonlaufen kannst, wenn du in deiner Welt bist“, warnte Zecke sie. „Ich kann dich jederzeit wieder in die Graue Welt zurückholen. Und jetzt geh zu dieser... dieser Bushaltestelle!“

Es fanden sich nur einige wenige, die auf den Bus warteten. Dafür war es im Bus ungewöhnlich voll und eng. Nur mit Mühe gelang es Reba, einzusteigen. Im Bus war es heiß und stickig. Die Fahrgäste sahen müde und gequält aus. Reba gelang es, von den Einstiegsstufen wegzukommen und sich am Griff eines Sitzplatzes festzuhalten.

„Ah, hier gefällt es mir!“, meldete sich Zecke wieder. „Siehst du die Henne dort? Nein, die andere, die mit der blauen geflochtenen Tasche. Sieh sie genau an."

„Welche denn jetzt?"

„Die Studenten von heute kapieren aber auch gar nichts! Diese, diese da!", quiekte Zecke in Erwartung der Beute. „Und du musst ganz anders schauen. Du musst ihr einen durchdringenden Blick zuwerfen, etwas unterhalb ihrer Augen. Und jetzt schau ihr direkt in die Pupillen! Halte den Blick etwa zehn Sekunden! Nicht blinzeln! Nun ruckartig zur Seite schauen! Jetzt schau sie wieder keifend an!"

„An der nächsten Station steigen wir aus!", befahl Zecke. „Zum Abschied schenkst du ihr noch einen unheilvollen Blick. Schau ihr genau in die Augen!"

Von Rebas letztem Blick geriet die arme Henne endgültig in Verwirrung.

An der Bushaltestation fiel Reba buchstäblich aus dem Bus.

„Übrigens", sagte Reba, „ich habe Durst."

„Nicht jetzt!", schnitt sie der Energievampir unwirsch ab. „Such dir einen schattigen Platz!"

In diesem Stadtteil war es nicht einfach, eine Lücke zwischen den Häusern zu finden, in die sie sich hineinzwängen konnte. Sie musste noch ein ganz schönes Stück gehen, bis sie einige Häuser alter Bauweise fand. Und als sie schließlich etwas fand und sich in die Lücke hineingezwängt hatte, war sie sofort wieder in dieser verfluchten Grauen Welt.

„Uff!", stöhnte Zecke, „Im Moment ist es nicht einfach, dich in der Grauen Welt zu halten! Macht nichts, aller Anfang ist schwer."

Reba kletterte aus dem Spalt und sah sich um. Von ihrer Aura zog sich eine Lichtschnur in weite Ferne.

„So, so“, dachte Reba, „das ist Zecke, der aus der armen Henne die Energie saugt!“

Kaum hatte sie diesen Lichtfaden entdeckt, da sah sie schon, wie er immer dünner wurde und schließlich ganz verschwand.

„Was für eine sorglose Henne“, brummte Zecke schmatzend, „Na macht nichts, das war erst der Anfang.“

In der Grauen Welt empfand Reba weder Hitze noch Durst. Die Müdigkeit vom vielen Gehen und dem Gedränge im Bus hatte sich auch aufgelöst.

„Hast du dich erholt?“, erkundigte sich der freundlicher gewordene Energievampir fürsorglich. „Lass uns nochmal mit dem Bus fahren!“

Also fuhren sie wieder Bus, erschreckten noch eine Henne und noch eine.

„Das genügt“, sagte Zecke, während Reba sich anstrengte, aus dem überfüllten Bus zu kommen. „Diese Fahrten sind nicht sehr effektiv. Ich verliere zu viel Energie, wenn ich dich in deiner Welt halte. Lass uns lieber zu diesen großen Häusern dort gehen.“

Reba blieb nichts anderes übrig, als wie befohlen ihre Beine in Bewegung zu setzen. Auf dem Weg fanden sie ein verstecktes Plätzchen und Reba wurde wieder in die Graue Welt versetzt. Hier orientierte sich Zecke mit jedem Mal besser.

Als zwei Gestalten in Rebas Sichtfeld kamen, rief Zecke plötzlich gierig: „Die zwei!“

Reba näherte sich gehorsam den zwei recht

großgewachsenen Jugendlichen. Diese zwei Hähne schienen jemanden zu erwarten und langweilten sich in der Zwischenzeit furchtbar. Ihre Auren hatten eine unangenehm schmutziggraue Färbung. Die Tür eines Hausaufganges öffnete sich knarrend und ein kleiner Hahn kam heraus. Als er die beiden Hähne sah, erschrak er und die Farben seiner Aura wurden ganz bleich.

„Rück die Kohle raus!“, sagte einer der Hähne bedrohlich und versperrte ihm den Weg.

„Ich hab nichts!“, piepste der kleine Hahn unglücklich und seine Aura wurde ganz dünn und porös.

„Und wenn wir deinen Schnabel ein bisschen biegen, vielleicht doch?“, erkundigte sich einer der angehenden Bösewichte.

„Her mit dem Geld, solange ich noch gute Laune habe!“, rief der andere Rüpel.

Der kleine Hahn holte zaghaft einige Geldmünzen aus der Tasche. Der erste Hahn nahm sie ihm ruckartig aus der Hand.

„Ist das alles?“, fragte er unzufrieden.

„Ich habe nichts mehr!...“

„Und wenn wir dich ein wenig schütteln?! Fürs Lügen wurde früher ein Auge ausgepickt! Tanz mal ein wenig!“

Der kleine Hahn holte noch ein paar Münzen aus der Tasche.

„OK, du kannst gehen“, murmelte einer der Kleinkriminellen mit zusammengepresstem Schnabel. „Aber morgen rückst du gleich die ganze Kohle raus! Und zwar mehr als die paar Krümel heute!“

„Bring mich in die wirkliche Welt zurück“, verlangte Reba, „Ich will mit ihnen reden!“

„Das fehlt noch! Die prügeln dich durch und ich habe nichts davon. Schau mal, was für ein dicker Strick!“

Erst jetzt bemerkte Reba den anschwellenden Strick, der von den düster-grauen Auren der aggressiven Hähne ausging.

„Unbewusste Energievampire“, bemerkte Zecke fachmännisch. „Geh mal ganz nah an sie heran.“

Reba kochte vor Wut, gehorchte aber. Aus ihrer Aura wuchs ein Spross und verschmolz mit der Aura der Raufbolde. Jetzt waren es nicht die Hähne, die dem verängstigen kleinen Hahn die Energie wegnahmen, sondern der alte böse Geist von Zecke, der sie allen drei abzapfte.

Die jugendlichen Straßenräuber schlenderten davon.

„Geh ihnen hinterher!“, fauchte Zecke, „sonst wird der Kanal austrocknen!“

Tatsächlich wurde der Strick zum kleinen Hahn immer dünner, dafür verschluckte sich Zecke fast an der Energie, die ihm von den Kleinganoven zufloss.

„Irgendwie gefällt mir dieses Kleingeld nicht“, sagte einer der Hähne, während er die Münzen betrachtete.

„Geld ist Geld“, antwortete der andere, fühlte sich aber anscheinend auch unbehaglich und fügte hinzu: „Etwas ist faul.“

„Ich werfe sie lieber in die Fontäne!“, sagte der erste, „Wahrscheinlich hat sie seine Oma verflucht. Nicht, dass sie uns eine Krankheit schickt!“

Er holte aus und warf die Münzen in die Fontäne. Mit sanftem Plumpsen verschwanden die Geldstücke im schäumenden Wasser. Der Energiekanal von ihren Auren wurde zusehends dünner und riss schließlich ganz ab.

„Diese Idioten“, schmatzte Zecke enttäuscht, „konnten sie die Münzen nicht etwas länger mit sich herumtragen? Überhaupt kein Gewissen, die Jugend von heute. Wir werden wohl noch etwas suchen müssen."

Ziellos streifte Reba durch die Stadt, während Zecke nach weiteren unbewussten Energievampiren Ausschau hielt. Schließlich entdeckte er eine Großmutter mit ihrem Enkelküken. Zwischen ihnen bestand eine mächtige Energieverbindung. Die Großmutter trank gierig die Energie ihres noch ganz jungen Enkels.

„Das gefällt mir!", freute sich Zecke. Kaum hatte Reba sich diesem Paar ein paar Schritte genähert, zapfte Zecke diese unnatürliche Verbindung mit einem dicken Strick an.

„Mir ist gar nicht gut", sagte die Alte. „Lass uns nach Hause gehen."

„Ihnen nach!", rief Zecke entzückt. Sein Wille, großzügig von fremder Energie gespeist, war bereits um so viel stärker als Rebas, dass sie nicht einmal protestierte, als er ihr befahl, den Beiden in ihre Wohnung zu folgen.

„Tochter, ruf den Arzt!", flüsterte die alte Henne und ließ sich auf das Sofa fallen. „Ich fühle mich so schlecht!"

Der Enkel ging auf sein Zimmer und die Verbindung zu ihm wurde immer schwächer. Zecke ließ sich davon nicht abhalten und trank begierig die Energie der Großmutter.

Reba verließ die Wohnung mit dem Krankenwagen, der die Alte ins Krankenhaus brachte.

„Seltsam", dachte Reba, „ich war den ganzen Tag auf den Beinen und bin kein bisschen müde."

„Ich teile doch meine gewonnene Energie mit dir!“, klärte sie Zecke auf.

„Heißt das etwa, dass ich auch ein Vampir bin?!“

„Ach was“, meinte Zecke abfällig, „zu einem echten Vampir hast du es noch sehr weit.“

„Wenn du wüsstest, wie satt ich dich habe!“, seufzte Reba. „Wann wirst du mich endlich in Frieden lassen?!“

„Bei dir ist es so gut“, schnurrte Zecke, „Stopp! Ich habe eine Idee! Jetzt werde ich mich mit Energie so was von vollsaugen können!“ Er quiekte richtig vor Begierde. „Wir müssen einfach einen informations-energetischen Schmarotzer ausschicken! Ohne Arbeit, ohne Plage, vampirieren wir alle Tage. Auf geht’s!“

„Was schreist du da so rum?“, seufzte Reba und stapfte unglücklich weiter. Zecke, der durch Rebas Augen die Welt wahrnahm, bemerkte einiges mehr als unsere arme Henne. Reba folgte seinen Anweisungen und gelangte zu einem düsteren Gebäude. Zwei sehr mürrisch dreinblickende und mit einander unzufriedene Hähne stürmten aus dem Gebäude und ließen die zerkratze Tür laut hinter sich zufallen.

„Merk dir das“, du hast einfach nur Glück gehabt“, sagte einer von ihnen, plusterte sich auf und marschierte davon.

„Verfluchter Neidhahn!“, murmelte ihm der andere hämisch hinterher.

„Köstlich!“, freute sich Zecke. „Fügen wir zu der Verfluchung noch etwas negative Energie hinzu!“ Zum ersten Mal wollte Zecke jemandem etwas geben, und es war nichts Gutes.

Von einem mächtigen Strom negativer Energie aufgeladen ließ der Hahn eine fantasievolle Fluchtirade los. Seine Aura verdunkelte sich noch mehr. Dann explodierte er geradezu und fügte zu seinen Flüchen giftige Verwünschungen hinzu. Von seiner Aura löste sich ein unbeschreiblich widerlicher, schleimiger Energieklumpen und schwamm wie eine Amöbe in Richtung seines Feindes.

Zecke hörte auf, den immer noch brummenden und fluchenden Hahn mit Energie zu füttern und befestigte eine silberne Schnur an die davonschwebende Energieamöbe.

„Was für ein toller informations-energetischer Parasit mir gelungen ist!“, schmatzte Zecke glücklich. „Jetzt kann man sich beruhigt zurücklegen. Dieser Parasit wird nicht nur seine Energie aussaugen, sondern auch die seiner Verwandten und Bekannten!“

„Was bist du bloß für ein abscheuliches Ungeheuer!“, meinte Reba.

„Warum?“, empörte sich Zecke. „Ich reiße doch niemandem den Kopf ab und trinke auch kein rotes, warmes Blut. Und hat denn der Hahn, dem wir den Energieparasit angehängt haben, es nicht verdient?!“

„Und seine Bekannten und Verwandten?“

„Selbst schuld, sie haben ihn so erzogen!“, sagte Zecke trotzig.

„Es hat keinen Zweck, mit dir zu diskutieren. Wann wirst du endlich genügend Energie getrunken haben und mich freilassen?“

„Bald! Bald werde ich so mächtig sein, dass ich dich gar nicht mehr brauche. Lass uns jetzt zu unseren

Ruinen zurückgehen, von dort kann man am besten die angezapfte Energie saugen."

„Warum?", fragte Reba gleichgültig.

„Die Steine dort sind von unzähligen Flüchen durchtränkt. Sie helfen, die negative Energie zu kondensieren."

Reba saß inmitten der staubigen Trümmer und beobachtete bekümmert, wie die Schnur vom informationsenergetischen Schmarotzer immer dunkler und dicker wurde. Rebas Aura wurde ebenfalls bedenklich düsterer und verdickte sich in der Brustregion.

„Wahrscheinlich ist das Zecke, der sich abnabeln will", dachte Reba.

Von der unfreiwilligen Untätigkeit wurde Reba ganz trübsinnig. Alles schien ihr öde und sinnlos.

Auf einmal blitzte es am Horizont, als wäre dort ein fernes Gewitter.

Zecke wachte auf. „Hast du das gemerkt?", rief er.

„Ja, schon..."

„So ein Aufblitzen kündigt meistens das Herannahen eines sehr mächtigen Magiers an!"

„Was geht uns das an?", Reba zuckte gleichgültig mit den Schultern.

„Was wohl? Magier können informationsenergetische Parasiten nicht ausstehen!"

„Und wahrscheinlich auch die, die sie erzeugen."

„Eben! Was sollen wir bloß tun?!"

„Ist mir egal.“

„Wieder ein Blitz! Er ist ganz nah! Wir müssen doch etwas tun!“

„Um mich in Gemeinheiten zu verwickeln, reicht dein Verstand. Wenn es darum geht, sich vor einem mächtigen Magier zu verstecken, fällt dir plötzlich nichts ein. Und überhaupt, mein Freund, jetzt ist es allerhöchste Zeit, aus meinem Gehirn zu verschwinden.“

„Und wohin soll ich gehen?“, wisperte Zecke mit tragischem Tonfall. „Er ist doch schon ganz nah!“

„Hm, du kannst doch wahrscheinlich schon eigenständig leben. Unterbrich die Verbindung mit dem Parasiten und versteck dich irgendwo.“

„Schon unterbrochen“, jammerte Zecke, „aber wohin soll ich mich bloß verstecken? Er wird mich doch an meiner Spur erkennen!“

„Du kannst ja wieder in den Krug zurück und dort ausharren.“

„Dort ist es so schrecklich langweilig! Und wenn ich erstmal im Krug bin, wirst du wohl keine Lust mehr haben, mich wieder aufzunehmen. Dann werde ich wieder tausend Jahre dort sitzen, bis mich wieder irgendein dummes Huhn freilässt.“

„Und mit mir dummen Huhn hat es dir also gefallen!“

Zecke jaulte darauf nur leise.

„Wohin soll ich ihn bloß schicken, damit er niemandem schadet?“, überlegte Reba und sagte: „Hör zu, Zecke, könntest du nicht in einen Computer übersiedeln? Dort würden sich dir so viele neue

Möglichkeiten eröffnen!“

„Wer ist das, dieser Computer?“

„Hm, wie soll ich dir das erklären... Ein Computer ist eine Art künstliches Gehirn. Sie sind meistens miteinander vernetzt. Über das Internet könntest du die ganze Welt bereisen. Wer könnte dich da fangen? Das ist einen Versuch wert, meinst du nicht?“

„Wo ist er denn, dieser Computer?“

„Hier, in einem Internetcafé am Stadtplatz habe ich einen gesehen. Du müsstest mich nur aus dieser grauen Welt herauslassen.“

„Gut, aber beeil dich auf deinem Weg zu diesem Computer.“

Wie angenehm war es doch, wieder in der normalen Welt zu sein, wo die Dimensionen nicht in Brüchen angegeben werden, wo kein schmutzig-trauriges Leuchten alles verzerrt, wo es Farben gibt und nicht nur Grautöne. Reba nahm einen tiefen Atemzug der warmen Küstenluft. Gleich bekam sie Durst. Sie beeilte sich, zum Stadtplatz zu kommen.

Und da war auch schon das Internetcafé. Die Türen waren einladend weit geöffnet.

„Zuerst kaufe ich mir etwas zu trinken“, sagte Reba.

„Nein!“, quiekte Zecke, „geh schnell zu deinem Bekannten Computer!“

„Ist schon gut, du kleiner Schmarotzer.“

Sie setzte sich an einen freien Computer.

„Also los, versuch in das Gehirn des Computers

zu schlüpfen!“

„Wie soll ich das denn machen?“

„Irgendwie bist du doch in mein Gehirn gelangt, jetzt mach das gefälligst auch bei diesem Computer!“

„In deinem Kopf schwirrten verschiedene Gedanken, an diese habe ich mich geheftet!“

„Und hat dieser Computer gar keine Gedanken?“

„Ich kann keine entdecken, ich sehe nur einen Leerlaufprozess!“

„Ich versuche mal, ein Programm zu starten“, sagte Reba und drückte aufs Geratewohl auf eins der Icons im Menü.

Plop!

Reba fühlte, wie es ihr sofort leichter ums Herz wurde.

„Was für ein Programm habe ich bloß aufgerufen? Ach, das ist ja das neue Doom! Geschieht ihm ganz recht“, dachte Reba.

Sie bezahlte und verließ das Geschäft. Im Laden gegenüber kaufte sie sich ein Eis und ging langsam zum Hotel. Aus einer Seitenstraße kam ein Hahn, der sehr zielstrebig das Internetcafé ansteuerte.

„Vielleicht ist das der mächtige und furchtbare Magier?“, dachte Reba und legte einen Zahn zu. „Dann kann er jetzt im Internet Zecke hinterherjagen!“

PARK
INTERNET
CAFE
Computer
service
REPAIRS
SERVICE
OPEN

Ein Tisch voller Geheimnisse

Der Sommer war längst vorbei, dem Herbst erging es nicht besser. Im Trubel der Vorlesungen, Seminare, Kolloquien und anderer wichtiger Veranstaltungen verging das erste Semester wie im Fluge und schon folgte das nächste. Das Jahr war allerdings nicht spurlos an Reba vorbeigegangen. Sie ist nicht mehr so eine naive Studentin wie am Anfang. Und ihr Freund Hahn Tok ist auch nicht mehr der unbekümmerte Streithahn von früher. Er schafft es zwar nicht immer, über eine 3 hinauszukommen, aber er bemüht sich. Rebas Freundin Rosa bekam in diesem Jahr sogar einmal die Note „Gut“ anstatt „Sehr gut“! Natürlich hat sie die Prüfung wiederholt, diese eitle Streberin. Professor Gas ist nun Dekan der Fakultät und kann seinen Studenten nicht mehr so viel Zeit wie früher widmen.

Wie eh und je liebt Reba interessante alte Sachen und besucht gerne Antiquariate. Das heißt nicht, dass sie ihr kleines Dachzimmer mit altem Plunder vollstellen möchte. Sie richtet ihr Zimmer nach und nach mit Verstand und Geschmack im alten Stil ein. Vor einigen Tagen entdeckte Reba in einem Antiquariat einen wunderbaren kleinen Tisch. Sowohl von der Größe als auch vom Design her würde er perfekt in ihr Zimmer passen. Ihr sogenannter Computertisch erzeugt eine schreckliche Dissonanz in der Komposition ihres Zimmers. Und besonders bequem ist er auch nicht gerade. Ein Preisschild war auf dem antiken Tisch nicht zu sehen, er konnte also nicht billig sein. Der Tisch gefällt Reba außerordentlich, aber sie wusste wirklich nicht, ob sie ihn kaufen soll. Solange noch kein Preisschild zu sehen ist, kann sie jedoch ruhig weiter von dem Tisch träumen.

Trotz nasskaltem Winter bleibt die allgemeine Stimmung gut, weil Fasching vor der Tür steht. Die Briefkästen füllen sich mit Katalogen voller Bilder mit bunten, fantastischen Kostümen und vielem anderen, was Hahn und Henne zum fröhlichen Feiern zu dieser großartigen Zeit brauchen.

Man sagt, dass bei diesem Fest früher der Winter verabschiedet wurde. Das ist heute nur noch schwer zu glauben. Entweder ging der Winter damals früher zu Ende oder die Leute waren ungeduldig. Es ist und bleibt ein Rätsel...

Im Leben gibt es immer mehr Rätsel als Lösungen. Hier zum Beispiel: Einige Tage später rief der Antiquar bei Reba an und sagte, dass er einen interessanten alten Tisch hätte, der perfekt in ihr Zimmer passen würde. Und wenn man aus den Schreibtisch-schubladen ein Fach entfernen würde, könnte da ein Computer perfekt hineinpassen! Aber Reba hat derzeit einen Laptop, deshalb kann das Fach ruhig bleiben, wo es ist. Und der Preis, den der Antiquar nannte, war auch akzeptabel. Jetzt müsste man sich nur noch entscheiden können! Erstmal sollte der jetzige Tisch entsorgt werden. Um den ist es nicht schade. Nach reiflicher Überlegung beschloss Reba, den Computertisch Tok zu schenken. Und wenn sie schon mal dabei ist, kann Tok gleich noch ihren alten Computer dazu haben.

Kaum dass Reba an ihn dachte, kam er auch schon. Sie freute sich natürlich, ließ es sich aber nicht anmerken. Heute wollten die beiden auf den Flohmarkt. Nein, natürlich nicht, um ein Faschingskostüm zu kaufen. Faschingskostüme sind nur für den einmaligen Gebrauch, dafür geht man nicht auf den Flohmarkt. Aber wer weiß? Vielleicht findet sich etwas Interessantes.

Auf dem Weg dorthin beschlossen unsere Freunde, doch noch beim Antiquar vorbeizuschauen. Ihre Bekanntschaft mit ihm reichte schon lange zurück.

„Hallo, meine Lieben“, freute sich der Antiquar. „schön, euch zu sehen! Ihr kommt doch bestimmt wegen dem kleinen Tisch? Ein bemerkenswertes Tischchen. Das ist eben keine Massenware, sondern echte Handarbeit. Alles mit Liebe und von einem echten Meister hergestellt! Und wenn wir beim Preis einig werden, kann ich den Tisch gerne noch heute liefern!“

„Wieso diese Eile?“, wunderte sich Tok.

„Ich habe einfach etwas Zeit frei. Keine Angst, ich sehe, dass ihr gerade zum Flohmarkt unterwegs seid. Nur zu! Ich kann ihn ruhig zusammen mit deinem Großvater hereintragen und im Flur abstellen. Er ist ganz leicht und trotzdem nicht aus irgendwelchen billigen Spanplatten!“

Hat man je solche zuvorkommende Verkäufer gesehen?!

„Aber ich habe mir den Tisch noch gar nicht wirklich angesehen“, wehrte Reba schwach ab.

„Da ist er doch, bitte, schau ihn dir ruhig genau an!“, sagte der Antiquar freudestrahlend.

Der kleine Tisch sah nicht nur auf den ersten Blick edel aus. Er war tatsächlich sehr solide gezimmert und, was noch wichtiger war, ausgezeichnet restauriert. Außerdem senkte der Antiquar sehr bereitwillig den Preis, kaum dass sie zu handeln anfing. Schließlich gab sie ihr Einverständnis, den Tisch zu sich nach Hause liefern zu lassen, und zog Tok am Ärmel – zum Zeichen, dass sie weiter zum Flohmarkt gehen sollten.

Das Wetter im Hühnerland bot um diese Zeit keinen Grund zur Freude. Es wehte ein durchdringender Wind und bei jedem Schritt schmatze es unter den Füßen. Deshalb waren auch nicht viele Leute auf dem Flohmarkt. Wenn man „Flohmarkt“ hört, denkt man natürlich an alte, gebrauchte Sachen. Aber wie immer fanden sich schlaue Hühner, die allen möglichen Kram aus Ländern, wo Arbeit nicht wertgeschätzt wird, feilboten. Kaum zu glauben, aber Tok klebte förmlich an diesem Kram. „Wenn es solche tollen Sachen gibt, muss ich mir doch nicht den alten Plunder ansehen“, brummte er unverständlich.

Henne Reba standen vor lauter Ekel die Federn zu Berge. Der besagte Flohmarkttisch war übersäht mit lauter abgeschmacktem Krimskrams für Möchtegern-Faschingshexen: Riesige, sehr echt aussehende haarige Spinnen, weiche, weiße Mistwürmer aus glitschiger Silikonmasse, Skorpione, Kakerlaken, ausgerissene Augen und anderes abscheuliches Zeug.

„Tok! Lass uns weitergehen! Mir wird schlecht, wenn ich den Schund sehe!“, empörte sich Reba.

„Schau dich erst mal ohne mich um“, empfahl ihr Tok, „ich bleibe hier noch ein bisschen. Die Sachen hier sind doch zu interessant!“

So ist er, dieser Tok! Solche auserlesenen Interessen hat er. Schweren Herzens ließ sie Tok bei diesen grauenvollen Ständen zurück und setzte ihren Rundgang in der Parallelreihe fort. Bestimmt würde dieser alberne Tok irgendeine ekelige Spinne kaufen, um diese dann im unpassendsten Moment Reba zu präsentieren. Er kann einfach nicht ohne diese idiotischen Scherze.

Reba war bereits alle Reihen abgeschritten, aber

Tok stand immer noch wie angeklebt bei den Spinnen. Was machte er da? Mit ungutem Gefühl lief sie zu ihm. Man kann ihn wirklich nicht alleine lassen! Tatsächlich, er war in eine Pfütze getreten und goss nun das eiskalte Wasser aus seinem Stiefel! Reba schaltet den Notfallmodus ein: Weg mit der nassen Socke! Den Fuß in Zeitungspapier einwickeln. Jetzt Stiefel wieder anziehen und ab nach Hause!

Natürlich wäre es am besten, wenn gleich der Bus kommen würde, aber jetzt ist keine Zeit zum Warten! Auf geht's, zu Fuß, und zwar schnell!

Hier ist auch schon Rebas Haus. Was für ein Zufall! Gerade war der Antiquar gekommen und versuchte nun zusammen mit Opa, den kleinen Tisch nach oben zu schleppen. Tok wollte natürlich helfen, ist er doch der beste Tischträger weit und breit!

Endlich stand der Tisch auf seinem Platz. Der alte Computertisch war nur noch ein Stapel Bretter im Flur. Reba betrachtet zufrieden ihre Neuanschaffung. Der kleine Tisch war genau richtig. In den alten Zeiten wurden noch wirklich gute Dinge gemacht!

Reba ließ sich in ihren Sessel fallen und erinnerte sich an das Ungeschick, das Tok auf dem Flohmarkt passiert war.

„Jetzt aber schnell die Stiefel ausziehen!“, sagte sie streng. Sie hüpfte vom Sessel. Flink brachte sie eine Waschschüssel mit heißem Wasser und Opas warme Socken, kochte Lindenblütentee und holte ein großes Glas Himbeermarmelade.

Tok ließ alles stoisch über sich ergehen. Er trank schweigsam den süßen, goldfarbenen Tee und ließ sich in die große karierte Wolldecke einwickeln. Dann gingen sie zum Sofa und schauten sich einen Film auf Rebas Laptop an.

Zum Abend wurde Tok trotz Rebas Bemühungen doch noch krank. Er schniefte unentwegt mit der Nase und wollte nach Hause aufbrechen.

„Warte!“, sagte Reba in Befehlston. „Erst Fieber messen!“

„Ach herrje!“, murmelte sie einige Minuten später mit besorgtem Blick auf das Thermometer. „Mit dieser Temperatur kann ich dich nicht weglassen! Du musst hier übernachten. Ich mache dir jetzt ein Handtuch mit Essig zum Auflegen…“

Tok versuchte automatisch zu widersprechen, aber seine Stimme klang schon schwach und ohne

Überzeugung. Reba brachte ihm eine große, schwere Decke. Dann holte sie ein Handtuch und machte ihm einen Umschlag mit Essig, den sie ihm auf die Stirn legte.

„Wichtig ist jetzt, dass du mehr trinkst!“, riet sie ihm besorgt. Dann machte sie das Licht an der Decke aus, verdeckte die Tischlampe mit einem Schirm und beschloss, die ganze Nacht an Toks Bett zu wachen.

Toks Fieber verlief ziemlich turbulent. Mal fröstelte er, dann war ihm wieder heiß und er warf die Decke von sich. Reba hatte schon mehrmals die essiggetränkten und nun trocken gewordenen Handtücher gewechselt. Gegen Mitternacht beruhigte sich Tok dann doch noch und schlief ein. Auch Reba war schläfrig. Irgendwann fiel sie in einen leichten, angespannten Schlaf.

In ihrem Traum ging sie durch einen riesigen, halbdunklen Korridor. Sie bewegte sich sehr vorsichtig. Irgendwie wusste sie, dass der Korridor in ein tiefes Loch münden würde. Auf dem Boden des Loches tummelten sich schwarze Spinnen und braune Hundertfüßer.

Geweckt wurde sie vom Stöhnen des kranken Tok. Die Tischlampe war aus. Reba konnte sich nicht erinnern, sie ausgeschaltet zu haben. Nur das kleine schwache Nachtlicht vertrieb die tiefe Finsternis. Da knarzte die halboffene Tür der Tischkommode und eine kleine, unförmige, bleichblau schimmernde Gestalt schlüpfte hervor! Sie reckte und streckte ihre eingeschlafenen Glieder und wuchs in die Höhe – anscheinend war es der Kreatur in der Kommode zu eng gewesen. Und da sah Reba, dass es sich um ein lebendiges Skelett handelte! Der Untote drehte seine Knochen, schüttelte sich und ging torkelnd auf sie zu. Reba unterdrückte einen Schrei und schnappte sich ein Kissen. Da krabbelte ein zweites Skelett aus der Kommode und taumelte mit dem gleichen unsteten Gang hinter dem ersten Skelett her. Ohne die verwunderte Reba im Mindesten zu beachten, gingen die Skelette an dem Kopfteil des Bettes vorbei und verschwanden in der Wand. Reba beobachtete sie zusammengekauert und wie vom Donner gerührt. Irgendwann wurde es ihr zu anstrengend, so zu sitzen. Vielleicht hatte sie sich das Ganze nur eingebildet oder geträumt? Sie nahm ihren Mut zusammen, stand auf und zog Toks weggerutschte Decke hoch. Dann tauschte sie den Essigumschlag auf seiner Stirn. Sie dachte noch, dass sie auch bei sich die Temperatur messen sollte, das Ganze war vielleicht nur ein Fiebertraum gewesen. Da stieß sie beinahe mit einem weiteren Skelett zusammen. Das war gerade aus der Kommode geklettert und fiel beim Versuch ihr auszuweichen auf beide Knie. Reba kletterte sofort aufs Bett, griff wieder nach ihrem Kissen und nahm die Pose einer strengen Glucke an, die ihre Küken bewacht.

Die Skelette gingen immer paarweise. Auf das erste Paar folgte das dritte, dann noch eins und noch eins… Dabei leuchteten diese Kreaturen nun bleichgrün. Sie torkelten noch stärker als die vorhergehenden, so als wären ihre Knochen durch eine akute Rachitis weich geworden. Die Skelette verbogen sich in den unmöglichsten Winkeln, setzten aber unbeirrt ihren Weg in Richtung Wand fort.

Tok drehte sich stöhnend um. Reba wollte schon aufstehen, um seine Decke zu richten und die Essigumschläge zu wechseln. Stattdessen blieb sie wie versteinert sitzen und starrte auf die unfassbare Prozession der grünen Untoten. Der Strom immer neuer Skelette riss nicht ab – es wurden mehr und mehr. Mittlerweile gingen sie nicht mehr in Reih und Glied, sondern als unförmiger Haufen. Ständig drängelten und schubsten sie einander. Sie eilten zur Wand, als würden sie von einem unwiderstehlichen Sog gezogen. Und dann begannen sie zu laufen.

Tok stöhnte im Traum. Reba hielt es nicht mehr aus. Mit angehaltenem Atem stand sie auf und ging mit dem Kissen bewaffnet zum armen Tok. Wie in Panik liefen die Skelette immer schneller. Schließlich sprangen Sie alle zusammen in die Wand und lösten sich in ihr auf.

Reba wechselte den inzwischen trockenen Essigwickel, richtete die Decke und kehrte auf ihren Wachposten zurück. Tok war wieder eingeschlafen. Eine drückende Stille breitete sich aus. Nur Toks röchelnder Atem und das gelegentliche Geräusch vorbeifahrender Autos waren zu hören. Reba konnte nicht schlafen. Die Zeit zog sich hin wie der Neustart eines alten Computers.

In die nächtliche Schwärze ergoss sich ein kleiner Farbeimer mit Morgenlicht. Reba freute sich, dass diese verrückte Nacht endlich zu Ende ging. Und da begann die bizarre Prozession der Skelette plötzlich von Neuem. Wieder kamen die grün schimmernden Skelette aus der Kommode und eilten zur Wand, als wären sie zu spät zur Arbeit. Reba hatte inzwischen keine Angst mehr vor ihnen, auch wenn ihr Anblick immer noch verstörend auf sie wirkte. Neugierig wie sie nun mal war, begann Reba die leuchtenden Kreaturen näher zu betrachten. Je länger sie sie anschaute, desto absurder erschienen sie ihr. Denn einerseits kamen sie ihr erstaunlich bekannt vor, andererseits waren sie ausgesprochen seltsam. Wie schon beim letzten Mal verfielen sie wieder in Panik, wurden immer schneller und lösten sich in der Wand auf. Diesmal endete die Prozession mit einer schwarzblauen Spinne, die nicht so schnell wie die Skelette war und beim Versuch, sie einzuholen, wie ein Frosch zu hüpfen begann.

Als auch die Spinne in der Wand verschwunden war, stand Reba wieder auf. Ihre Pflicht als Krankenpflegerin war stärker als die Angst. Sie nahm das Handtuch von Toks Kopf und befühlte seine Stirn. Er atmete schon gleichmäßiger und sein Fieber war etwas abgeklungen.

Die Sonne färbte nun schon den Himmel und schien nach dem Horizont zu schnappen, um sich daran hochzuziehen. Dann schlüpfte sie hinter die Häuser und kletterte unbemerkt zum Himmel. Mit vorsichtigen, kleinen Schritten näherte sich Reba ihrer Anschaffung und öffnete zaghaft die Tischkommode. Da war nichts und niemand. In den Schubladen des Tisches war kein einziges Staubkorn, alles frisch lackiert und sauber.

Reba ging zur Küche hinunter, kochte Tee und schmierte Butterbrote. Da kam auch schon Tok. Ohne Widerrede ließ er Reba die Temperatur messen, sie war fast wieder normal. Reba rollte den kleinen Serviertisch zur Couch. Tok trank eine große Tasse Tee und aß sogar einen Bissen des Butterbrots. Dann legte er sich wieder hin. Er war wohl doch noch sehr geschwächt. Reba rief in der Uni an und sagte Bescheid, dass Tok krank war. Dann erreichte sie auch Professor Gas.

Damit Tok nichts mitbekam, erzählte sie die Ereignisse dieser Nacht im Flüsterton. Professor Gas war ein alter Hase, der schon viel Unglaubliches gesehen hatte, aber diese Geschichte konnte er nicht so leicht für bare Münze nehmen. Schließlich sagte er aber doch: „Ich habe etwas Zeit zwischen zwei Unterrichtseinheiten, dann komme ich bei dir vorbei.“

Als Tok das hörte, wollte er gleich nach Hause gehen. Reba konnte ihn gerade noch überreden, auf den Professor zu warten. Er überlegte und nickte schließlich. Dann sank er wieder aufs Bett und schlief weiter.

Professor Gas kam kurz vor dem Mittagessen. Ausführlich begutachtete er den rätselhaften Tisch. Dann begann er etwas in sein Notizbuch zu zeichnen. Schließlich schüttelte er gedankenverloren den Kopf. Er sah den bleichen Tok und die besorgte Reba ernst an und sagte: „Das ist ein interessantes Rätsel, sehr ungewöhnlich. Und du, Tok, kommst mit mir mit, wir fahren zum Arzt!“

Tok verabschiedete sich schwach und irgendwie schuldig, dann stapfte er hinter dem Professor drein.

Nach Omas Mittagessen erschien Reba das Leben wunderbar. Reba tastete die Kommode erneut gründlich ab und schaute sich die Schubladen genau an. Sie untersuchte das Tischchen von allen Seiten. Ein ganz normales Möbelstück! Hätte sie nicht eben Professor Gas in allen Einzelheiten von der nächtlichen Begebenheit erzählt, würde sie jetzt Zweifel daran hegen, ob sie die Skelettprozession tatsächlich gesehen hatte oder ob alles nur ein Albtraum war.

Mit solchen verworrenen Gedanken und Gefühlen machte sich Reba auf den Weg zur Universität. Das Uni-Leben und die Schrecken der Nacht, das waren im Grunde zwei Gegenspieler, so wie Dreck und Lappen oder Staub und Staubsauger. Reba tauchte in den Uni-Trubel ab und erinnerte sich erst am Abend zu Hause an die nächtlichen Ereignisse. Die Geschichte schien sehr lange her und unwirklich. Nur die herumliegenden

Handtücher und der Essiggeruch erinnerten an das nächtliche Treiben der grünen Skelette. Henne Reba hob die Handtücher auf und kippte das Fenster an. Und nun? Wie sollte sie jetzt in diesem Zimmer schlafen, wenn nachts wieder die marschierenden Untoten kommen würden?

Tok rief an. „Reba", sagte er besorgt und verschnupft, „ich habe meine Jacke bei dir gelassen. Sei so gut und schau nach, ob da meine Schlüssel drin sind. Ich fürchte, ich habe sie auf dem Flohmarkt verloren."

Die Taschen von Toks Jacke waren vollgestopft mit irgendeinem undefinierbaren Kram. Reba zog eine Handvoll davon aus der Tasche… Dann schrie sie wie am Spieß. Auf den Boden fielen Spinnen, Skorpione und anderes Plastikungeziefer. Sehr echt aussehende vergrößerte Kopien von echten Krabbeltieren. Tok hatte sie also doch auf dem Flohmarkt gekauft! Beim Aufprall auf den Boden hüpften sie etwas hoch, ihre Beine und Bäuche zitterten, als wollten sie gleich lebendig werden.

Aus der anderen Tasche zog Reba zusammen mit den Schlüsseln einige Skelette! Sie waren von der Größe eines Schlüsselanhängers, der übliche Faschingskitsch für Hexen also. Die Skelette bestanden aus weichem, weißgrünlichem Kunststoff und erinnerten an die Knochenmänner, die gestern Nacht torkelnd von der Kommode zur Wand gestapft waren. Nur waren die marschierenden Skelette deutlich größer gewesen. Jetzt verstand Reba auch, wieso der Gang der kleinen Monster so bizarr wirkte. Sie hatten keine beweglichen Gelenke. Sie verbogen einfach ihre „Knochen"!

Und was hatte sich Professor Gas überlegt? Wozu hatte er da Pläne gezeichnet? Reba stützte das Kinn nachdenklich auf ihre Faust. Sie nahm sich ein Blatt

Papier und skizzierte ihr Zimmer. Die Skelette waren vom Tisch in Richtung Wand gegangen. In gerader Linie… Und waren in der Jackentasche gesessen? Aber wie viele hatte Tok gekauft? Kein Vergleich mit der Horde an Skeletten, die vor etwas Schrecklichem zu fliehen schienen. Vielleicht waren sie irgendwie als Video aufgenommen und dann projiziert worden? Wer sollte so etwas tun? Und wozu? Außerdem hatten sie sich ganz lebendig aufgeführt: Sie hatten die Tür aufgemacht und waren aus der Kommode geklettert. Sie hatten sogar versucht, Reba auszuweichen! Reba blickte wieder mal in die Kommode. Kein Projektor oder Ähnliches zu sehen. Das ergab alles keinen Sinn.

Nur die Ruhe bewahren! Reba rief Tok an und sagte ihm, dass die Schlüssel da waren und sie ihm diese vorbeibringen würde. Natürlich fragte sie auch nach seiner Gesundheit.

„Passt schon!“, krächzte Tok heiser.

„Jetzt mal nicht übertreiben!“, sagte Reba streng. „Mach dir erst mal Kamillentee und deck dich gut zu! Nicht, dass du schlecht träumst!“

„Bei Fieber ist das normal. Ach, du weißt gar nicht, was ich heute Nacht für lustige Horrorträume hatte. Stell dir vor: lauter Skelette! Ein ganzer Haufen davon. Und alle gehen irgendwohin.“

„Wohin gingen sie?“, fragte Reba.

„Kann mich nicht erinnern“, sagte Tok matt.

„Na gut, leg dich wieder hin und schlaf dich aus. Bei so einer Erkältung sollte man nicht zu viel sprechen.“

Wie in Zeitlupe legte Henne Reba den Hörer auf.

Dann warf sie einen kritischen Blick auf ihre Zeichnung. Wo war das Lineal nochmal… „Der Einfallswinkel ist gleich dem Reflexionswinkel“, kam ihr die auswendig gelernte Regel in den Sinn. Wieso war ihr das nur nicht gleich eingefallen! Hatte sie diese Nacht etwa Toks Albträume gesehen? Reba rief gleich Professor Gas an.

„Reba, aber natürlich“, sagte Professor Gas. „Das nenne ich einen klugen Kopf! Ich dachte auch, dass des Rätsels Lösung ganz einfach und offensichtlich sein müsste. Morgen früh komme ich wieder und sehe mir deinen Tisch noch einmal genau an.“

Am nächsten Morgen konnte der Professor leider nicht kommen. Reba besuchte stattdessen Tok, gab ihm seine Schlüssel und Jacke und erzählte ihm von der nächtlichen Invasion der Skelette. Tok, der Reba alles glaubte, seufzte zerknirscht und drehte die verflixten Anhänger in seinen Händen. Er fand es schade, dass ihm in Rebas Abenteuer nur so eine passive Rolle zukam.

Der Professor kam erst am Abend. Er hatte seine Termine am Morgen leider doch ändern müssen. Vermutlich war an seinem Lehrstuhl jemand krank geworden. Der alte Computertisch, den Reba Tok spenden wollte, war an seinen alten Platz zurückgekehrt. Das verwünschte Möbelstück nahm Professor Gas mit, um es in seinem Hauslabor zu untersuchen.

Drei Tage sind eine lange Zeit, wenn auch keine Ewigkeit. Inzwischen war Tok wieder gesund geworden und Reba hatte sich ein Faschingskostüm gekauft, aber Professor Gas schien es nicht eilig zu haben und erwiderte auf Rebas Nachfragen immer: „Nur Geduld!“

Schließlich kam doch der Tag, an dem der Professor meldete, er habe seine Nachforschungen abgeschlossen. Er kam mit Tok und die beiden trugen den verhängnisvollen kleinen Tisch gemeinsam in Rebas Zimmer.

„Meine lieben Freunde!", begann der Professor. „Wir sind auf ein außergewöhnliches Phänomen gestoßen! Reba, was weißt du über Biofelder?"

„Ich habe viel dazu gelesen, aber das war alles Quatsch! Nur eine Ansammlung schwachsinniger Ideen! Ich glaube, so etwas gibt es nicht!"

„Das dachte ich bisher auch. Allerdings lässt sich das von dir beobachtete Phänomen nur unter Zuhilfenahme der Biopol-Hypothese erklären. Zudem deutet alles darauf hin, dass es nicht nur ein Biofeld, sondern auch Biowellen gibt, die das Feld ausstrahlt. Ich war heute beim Antiquar, der dir dieses Tischchen verkauft hat. Dabei konnte ich in Erfahrung bringen, dass auch er mit diesem Phänomen in Berührung gekommen war."

„Und was hat er gesehen?", fragte Reba neugierig.

„Die gespiegelten Albträume seiner Familie. Nein, natürlich keine Skelette. Wenn es euch interessiert, könnt ihr sicher mehr Details von ihm selbst erfahren. Nun aber zur eigentlichen Ursache des Phänomens: Bei der Untersuchung des Tisches fand ich in der hinteren Tischwand eine Platte aus sehr ungewöhnlichem Material. Ich halte es für wahrscheinlich, dass genau das der Biofeldspiegel ist. Das heißt, eben diese Platte reflektiert die Biowellen. Nachts ist das Gehirn von vielen Störsignalen befreit und wird dadurch, so meine Hypothese, empfänglich für Biofelder. Allem Anschein nach erzeugen Albträume stärkere Biowellen als gewöhnliche Träume, deshalb wandelt das Empfängergehirn diese in sehr realistische Visionen um. Also genau das, was in Rebas Fall beobachtet wurde."

„Das ist natürlich alles sehr interessant!", rief Reba. „Aber was soll ich jetzt tun? Ich will nicht, dass bei mir im Zimmer jede Nacht lauter Skelette und andere abscheuliche Kreaturen herummarschieren!"

„Reba!", freute sich der Professor. „Wenn du mir gestattest, würde ich im Labor diese Platte vorsichtig aus dem Tisch entfernen. Wir wissen ja nicht, wer sie und mit welchem Ziel dort eingebaut hatte! Aber wenn wir das Rätsel lösen können, vor das uns dieses Phänomen gestellt hat, so würde das die Wissenschaft einen wieteren riesigen Schritt voranbringen! Stellt euch vor: Man würde ohne jegliche zusätzlichen Geräte allein mit Gedankenkraft Mechanismen auf anderen Planeten oder in Vulkanschloten steuern können. Und noch vieles mehr! Vielleicht können wir sogar herausfinden, wer diesen Zauberspiegel erfunden und in den Tisch montiert hat. Und dann können wir Kontakt mit einer anderen Zivilisation herstellen, die vielleicht einen völlig anderen Weg als die unsere eingeschlagen hat!"

„Natürlich, natürlich!", nickte Reba. „Bitte nehmen Sie diese Platte heraus. Ich kann ganz gut ohne fremde Albträume leben. Und ich bin auch kein Fan von Skeletten."

„Na sowas!", krächzte Tok heiser. „Und ich habe zum Fasching ein Skelettkostüm gekauft!"